DREAMBOOKS

進士武林

진사무림

5

봉황송 신무협 장편소설

ORIENTAL FANTASY STORY & ADVENTURE

dream books
드림북스

진사무림 5

초판 1쇄 인쇄 / 2014년 10월 22일
초판 1쇄 발행 / 2014년 10월 29일

지은이 / 봉황송

발행인 / 오영배
책임편집 / 편집부
펴낸 곳 / (주)삼양출판사 · 드림북스

주소 / 서울특별시 강북구 솔샘로67길 92
대표 전화 / 02-980-2112 팩스 / 02-983-0660
편집부 전화 / 02-980-2116 팩스 / 02-983-8201
블로그 / blog.naver.com/dreambookss

등록번호 / 제9-00046호
등록일자 / 1999년 3월 11일

값 8,000원

ISBN 978-89-542-5450-2 (04810) / 978-89-542-5445-8 (세트)

* 지은이와 협의하에 인지는 생략합니다.
* 잘못된 책은 구입한 곳에서 바꾸어 드립니다.

이 도서의 국립중앙도서관 출판시도서목록(CIP)은 서지정보유통지원시스홈페이지(http://seoji.nl.go.kr)와 국가자료공동목록시스템(http://www.nl.go.kr/kolisnet)에서 이용하실 수 있습니다. **(CIP제어번호:2014030082)**

進士武林

진사무림

5

봉황송 신무협 장편소설

ORIENTAL FANTASY STORY & ADVENTURE

dream books
드림북스

進士武林

진사무림

목차

第一章
봉수대

"기마병들이 빠른 속도로 접근하고 있습니다."

다급한 외침의 보고가 분역이라는 지역에서 자금성의 외곽지역을 책임지고 있는 상장군 신경진에게 전해졌다. 삼천 명의 병력이 분역에 주둔하면서 유사시에 자금성을 보호했다.

"적들이 누구냐?"

자다가 깬 신경이 기겁하여 되물었다.

"황대목 장군이 이끄는 기마병들입니다."

"수는?"

"일천 명에 이릅니다."

"맙소사."

삼 황자 외척인 황대목의 군대를 일으켰다는 소식에 신경진은 자금성에 커다란 사단이 벌어졌다는 사실을 직감했다.

"병력의 배치 상황은?"

"발 빠르게 움직이고 있지만 아직 미흡합니다. 이미 방어선 안쪽으로 기마병들이 들어섰습니다."

"음!"

신경진이 침음을 흘렸다.

심야에 신경진이 이끄는 부대는 허를 제대로 찔렸다.

삼천 명의 병력을 모두 배치하여 기마병들을 막는다는 건 불가능에 가까웠다. 안쪽으로 들어서면 기마병들을 상대하는 일은 더욱 어렵다.

기마병들은 무시무시하게 빠른 데다가 뛰어난 실력을 지니고 있는 고급전력이기 때문이었다. 그에 반해 그의 휘하 삼천 명은 모두 보병에 불과했다.

"젠장! 빨리 자금성에 보고해. 그리고 부하들을 모두 대기시키도록. 당장!"

신경진이 당장 해야 할 일을 먼저 지시했다.

"알겠습니다."

부관 한 명이 밖으로 나가서 자금성에 파발마를 보냈다.

"황대목 장군의 기마병들을 어찌 대처해야 합니까? 막아야 하지 않겠습니까? 출진의 명령을 내려주십시오."

갑옷을 입고 완전무장한 안조인 장군이 신경진을 똑바로 바라보면서 이야기했다.

그들의 최우선 임무는 자금성 보호였다.

그들은 허락받지 않고 지나가는 모든 자들을 막아야 했다.

신경진은 부하 장수에게 병력을 이끌고 나아가 적을 막으라고 지시해야만 했다. 하지만 신경진은 미적거리면서 인상을 쓰고 있었다.

"상장군! 시간이 촉박합니다."

"기마병들을 상대로 정면에서 막으면 일패도지를 할 것이야."

"죽음이 오더라도 정면으로 나서 막아야 합니다. 그것이 우리가 황제로부터 받은 임무입니다. 미적거릴 시간이 없습니다."

안조인 장군이 결연하게 외쳤다.

황제의 명령은 지엄했다.

허락받지 않고 지나가는 모든 자를 막으라고 명령을 내렸고, 장군과 병사들은 이행해야만 했다. 출정하지 않으면 차후에 군율에 처벌을 받아야 할 중대한 사안이었다.

미적거리는 시간에도 기마병들이 빠르게 자금성을 향해 나아가고 있었다.

"막지 않겠다는 것이 아니다. 최대의 위기 속에 적을 효율적으로 막을 계책을 생각하는 것이다."

"경계를 서고 있던 병사들이 지금 이 순간 달아나거나 죽고 있습니다. 결단을 내리셔야 합니다."

분역 외곽에서 방어와 경계를 서던 병사들이 기마병들을 저지하려고 했다. 하지만 중과부적이었다. 기마병들이 파죽지세로 기마병들에 의해 썰려 나갔다.

기마병들은 찰나의 시간까지 아끼기 위해 막아서는 병사들을 불문곡직하게 죽였다. 살벌한 기세에 놀란 병사들이 사방으로 달아나 버렸다.

"더 이상 지체하면 늦습니다. 이곳이 뚫리면 바로 자금성이란 말입니다. 병사들을 출정해야 합니다."

안조인 장군이 소리쳤다.

신경진 상장군은 이대로 나서면 기마병들에게 박살이 나고, 자신의 인생도 종칠 것만 같았다. 자신의 안위를 먼저 생각한 그에게 자금성은 뒷전이었다.

"기마병을 정면에서 막는 건 어리석은 짓이다. 보내 주고 뒤에서 쫓는다."

신경진이 말했다.

그의 선택은 말이 되지 않았다.

기마병들의 빠른 속도를 보병이 뒤쫓는다는 건 불가능했다. 보병이 기마병들을 막기 위해서는 지형지물을 이용하거나 탄탄한 진형을 구축해야만 했다.

신경진이 적들과의 전투를 포기하였다.

위기의 순간 자신의 안위를 걱정한 그에게는 황제와 자금성 따위는 문제가 되지 않았다.

"상장군! 이럴 수는 없습니다."

임무를 포기한 상관을 보면서 안조인이 몸을 부들부들 떨었다.

"그대는 경거망동하지 말고 명을 받들라."

"상장군께서 움직이지 않는다면 제 휘하의 병력을 이끌고 독단으로라도 나서겠습니다."

안조인이 선언하면서 실내를 나섰다.

저벅! 저벅!

그가 밖으로 나와 황대목을 막으려고 했지만 휘하의 병력들이 아직까지 제대로 전개되어 있지 않았다. 넓은 연병장 안에는 삼백여 명을 갓 넘는 병사들만 서 있었다.

휘하병력 천 명이 서 있어야 하는데, 겨우 삼백여 명뿐이었다.

"어허! 자금성이 위험한데 병력이 제대로 움직이지를 않고 있구나."

안조인이 탄식했다.

자금성 쪽에서는 불꽃이 하늘로 치솟고 있었다.

늦은 밤 검게 물들어 있어야 할 하늘이 시뻘겋게 변해 있었다. 치열한 황실에서의 다툼으로 인해 자금성에 불이 나고 있었다.

"장군! 출격 준비를 마쳤습니다."

부관이 안조인에게 다가와 보고했다.

"눈앞의 병사들이 전부인가?"

"송구합니다. 출진을 명령했지만 이미 상당수의 병력이 자취를 감춘 뒤였습니다."

부관이 고개를 떨어뜨렸다.

자금성에 사단이 발생했다는 사실과 황대목 장군의 기마병 진입을 전해 들은 병사들이었다. 인생이 끝날 수 있다는 사실을 직감한 병사들이 병영에서 달아났다.

제대로 된 군율이 군영에 서 있지 않았다.

"허허허!"

허탈한 웃음을 흘린 안조인은 이미 모든 상황을 직감했다.

저벅! 저벅!

그가 성큼성큼 앞으로 나서 병사들 앞에 섰다.

여기까지 온 이상 그가 병사들에게 알고 있는 바를 말해 줘야만 할 것 같았다.

휘하병력 천 명이 모두 출정하면 병진을 구성해서 막아낼 가능성이 미약하게나마 존재했다. 하지만 삼백여 명의 병력으로는 불가능하였다.

"죽고자 하면 살고, 살고자 하면 죽는다는 말이 있다. 하지만 이번에는 다르다. 살고자 하면 살고, 죽고자 하면 진짜로 죽는다. 황대목의 기마병들을 막아서기 위해 출정하면 죽는다. 뭐라고 하지 않을 테니 살고자 하는 자는 대열에서 이탈해서 물러나라."

안조인이 부드럽게 이야기했다.

더 이상 필사적으로 적을 막아서야 한다는 기세가 그에게 있지 않았다.

"헉!"

"무조건 죽는다고?"

"나는 살고 싶어. 죽고 싶지 않아."

"죽고 싶은 사람이 누가 있겠냐?"

오와 열을 맞추고 서 있던 병사들이 동요했다.

"장군님은 어떻게 하시려고 그럽니까?"

부관이 물었다.

"죽음을 앞에 두고도 나서야 하는 때가 있는 법이지. 이제까지 나라의 녹을 먹고 편하게 살아왔으니 적을 상대해야겠지.”

안조인은 죽음을 향해 초연하게 나아가기로 결심했다.

지근거리에 있는 부관은 안조인의 결연한 생각을 확연하게 느꼈다.

“저도 따르겠습니다.”

“부관은 남게.”

“그럴 수는 없습니다.”

“이번에 결혼한 자네의 아이가 부인의 배 속에 있지 않은가?”

“하지만…….”

“그냥 남으라는 이야기가 아니야. 남기로 한 병사들을 지휘할 장수가 있어야 하지 않겠는가. 자네가 중책을 맡아 줘야 하네.”

“장군님.”

부관이 안조인을 봤다.

왜 모르겠는가?

안조인이 자신을 살리려고 한다는 사실을 부관은 잘 알았다.

“병사들을 이끌고 전투가 끝난 뒤 오도록 하게. 전장을 정리하고 자리를 지켜야 하네. 그래야 차후에 있을 엄정한 군율에서 자유로울 수 있어."

안조인이 차후에 해야 할 일을 섬세하게 지시했다.

자리를 보전하기 위해 움직이지 않는 신경진은 어리석었다. 당장에는 살아남을 수 있을지 모르겠지만, 차후엔 굴욕적인 시간을 보낼 것이다.

"크윽! 명심하겠습니다."

끝까지 자신을 챙겨 주는 안조인을 보면서 부관이 눈물을 흘렸다.

"한 가지 부탁이 있네."

"말씀하십시오."

"남아 있는 가족들을 부탁하네."

자식과 아내들이 그의 뇌리에 남아 있었다.

모아 놓은 재산도 없는데 그가 죽으면 가족들의 미래가 암울했다.

"걱정하지 마십시오. 최선을 다해 돌보겠습니다."

"그럼 뒤를 부탁하네."

안조인이 부관에게 손을 내밀었다.

"장군님."

부관이 안조인의 손을 붙잡았다.

뭐라고 말을 하고 싶은데 목이 메어왔다.

연병장에는 출정을 할 병사들과 그렇지 않은 병사들로

나뉘어 있었다. 기꺼이 죽음을 무릅쓰고 있는 병사들의 숫자가 겨우 백여 명에 불과했다.

“함께 싸우기로 한 너희가 자랑스럽다. 이제 출정하다.”

안조인이 백여 명의 병사들을 이끌고 움직였다.

“꼭 살아남으셔야 합니다.”

“장군님!”

“무운을 빌겠습니다.”

부관과 남아 있는 병사들이 멀어져 가는 안조인과 동료들을 보면서 아쉬워했다.

저벅! 저벅!

반짝거리는 갑옷을 입고 나아가는 안조인과 백여 명의 병력들 기세가 결연했다.

그들은 자신의 자리에서 나라를 생각하는 의인들이었다.

*　　*　　*

주수선이 이한열의 옆에서 나란히 걸었다.

화르르! 화르르!

화염이 충천했다.

자금성의 화려한 건물들에 불길이 치솟아 올랐다.

만수궁과 천덕궁이 이미 잿더미로 변해버렸다.

서로 끝장을 보기 위해 달려든 세 명의 황자들로 인해 자금성에 난장판이 벌어졌다. 황제의 자리를 차지하기 위한 세 황자의 총력전이 자금성에서 일어났다.

봉수대를 사이에 두고서 황태자를 추종하는 병력과 삼황자를 따르는 무리가 정면으로 부딪쳤다. 봉화를 올리어 아군에게 약속된 신호를 보내는 봉수대는 격전이 벌어지고 있는 지금 굉장히 중요했다.

봉수대는 높은 곳에 봉화를 피어 올릴 수 있도록 한 곳으로서 자금성의 급보를 북경에 주둔하고 있는 병력들에게 빠르게 전달할 수 있는 시설이었다.

자금성에 아무 문제가 없을 때는 한 개의 홰를 올리고, 반란이 일어날 조짐이 보이면 두 개의 홰, 반란군이 자금성에 가까이 오면 세 개의 홰, 반란군과 교전이 벌어지면 네 개의 홰, 자금성 안에 반란군이 들어서면 다섯 개의 홰를 올렸다.

미리 신호를 정해놓으면 연기와 횃불을 움직이는 방법에 따라 황제의 부고를 비롯한 중요한 일들을 상세하게 멀리 떨어진 곳에 알릴 수도 있었다.

"봉수대를 사수해라."

"막아라."

삼 황자를 따르는 무리가 봉수대에 진을 치고 있었다.

봉수대는 높은 위치에 있었기에 아래쪽에서 공격하는 황태자의 병력이 불리했다. 지형적인 이점을 지닌 삼 황자 병력이 화살들을 마구 날렸다.

휘이익! 휙!

쉬이잇! 쉿!

화살들이 아래에서 몰려드는 병사들에게 꽂혔다.

"으아악!"

"악!"

"공격해라. 조금만 더 하면 적들을 궤멸시킬 수 있다."

후방에서 부하들을 독려하는 장충신의 목소리가 울렸다.

장충신은 봉수대를 수호하는 장수로 황태자를 지지하고 있었다. 하지만 불시에 당한 기습으로 봉수대를 삼 황자 무리에게 빼앗기고 말았다.

"장군! 이대로 가면 궤멸입니다. 물러나서 재정비를 하고 공격해야 합니다."

참모 한 명이 다가와서 간언했다.

장충신이 부하들을 앞으로 내세워 적들을 공략하고 있었지만 난공불락이었다. 전황은 아래쪽에서 위쪽으로 공격하는 장충신 무리에게 불리할 수밖에 없었다.

"닥쳐라!"

장충신이 불같이 노하면서 검을 휘둘렀다.

"크아악!"

참모의 목이 잘렸다.

적들에게 달려들 배짱이 없는 장충신이었지만 부하들에게는 무자비했다.

"당장 반역의 무리들을 처단해라. 뒤로 물러서는 놈이 있으면 내 칼에 먼저 죽을 것이다."

장충신이 살기 어린 외침을 토해 냈다.

승기는 삼 황자 무리가 잡았다.

장충신 진영에서는 사상자가 속출했다.

많은 수가 무리해서 봉수대에 올라가려다가 화살이나 창등에 찔려서 죽었다.

치열하게 싸우고 있는 무리들은 벽에 서서 싸움을 구경하고 있는 두 남녀의 등장을 눈치채지 못했다.

"자금성이 미쳐서 돌아가고 있구나. 이성을 잃을 정도로 미친 개떼에게 물렸다가는 목숨이 남아나지 않겠어."

주수선이 난전이 벌어지고 있는 현장을 바라보며 키득거렸다.

"우리 편이 불리해 보입니다. 이럴 시간이 없습니다."

이한열이 긴박한 상황에서 아군을 돕지 않고 미적거리는 주수선을 보며 어이없어했다.

"미친 개떼를 보면 어떻게 해야 해?"

"글쎄요."

"때려잡아야지. 미친놈들에게는 약도 없어."

주수선은 가만히 입을 다물고 있으면 아름다운 미인인데, 입만 열면 그 환상이 철저하게 깨져나갔다. 그녀는 부정적으로 이야기를 하는 데에 탁월한 재능을 가지고 있었다.

"이제부터 재미있는 상황이 벌어질 거야."

주수선이 기묘한 웃음을 지으며 말했다.

이한열을 쳐다보고 있는 그녀의 시선이 의미심장했다.

"때려잡는 일이 재미있습니까?"

뭐가 재미있다는 건지 납득하지 못한 이한열이 얼굴을 굳혔다.

"열심히 때리다 보면 모든 고통에서 해방이 돼서 날아갈 것만 같아."

주수선이 환하게 웃었다.

황족으로 태어나서 행복해 보이지만 그녀는 나름 불행했다. 따뜻한 정 없이 그저 권력을 잡기 위해 날뛰는 가족들만 있을 뿐이었다. 그나마 정 비슷한 감정을 느낄 수 있는 사람은 오라버니인 황태자 주윤무 뿐이었다.

그랬기에 그녀는 무공에 깊숙이 빠져들 수 있었다.

그녀의 환한 미소가 왠지 서글프게 느껴졌다.

"……."

이한열은 아무런 말도 하지 못하고 침묵했다.

그는 어딘가 망가진 주수선을 보면서 심각하게 고민하고 있었다.

'따뜻한 감정이 결핍되어 있다.'

이한열은 주수선이 앞으로 어떤 일을 벌일지 상상하기 두려웠다.

"풋!"

그녀가 침묵하며 심각하게 고민하는 이한열을 보면서 가볍게 웃었다.

"지금 너는 행복해?"

"예전보다 행복한 건 틀림없습니다."

인생을 즐기며 살고 있는 이한열은 나름 행복했다.

과거보다 재물이 늘어났고, 존경의 눈빛을 보내는 사람도 많았고, 아름다운 여인도 마음껏 만났다. 앞에서 말한 내용들이 행복의 필수조건은 아니지만 적어도 이한열에게 충족조건은 됐다.

이한열은 어떻게 하면 행복하게 살아갈 수 있을까 생각하면서 항상 노력했다. 그렇기에 지금 주수선의 옆에 서 있으며 싸울 준비를 하는 것이었다.

"나는 행복해지고 싶어. 그래서 그동안 못 해 본 일을 이제 마음껏 해 보려고 해."

중원을 지배하는 황가의 절대적으로 행복할 것처럼 보이는 황녀도 불만을 품고 있었다.

행복에 절대적인 조건은 없다.

자신이 스스로 즐기면서 만족하면 그만이다.

열띤 눈빛의 그녀 앞에는 수많은 적들이 득시글거렸다.

그녀는 적들을 때려 으스러뜨리거나 망가뜨리는 감촉을 느끼고 싶었다. 당하는 입장에서는 거품을 물면서 발악할 일이었지만 마음이 원한다면 악한 일도 서슴없이 할 그녀였다.

혼란스러운 자금성에서 그녀는 누구의 눈치도 보지 않았다.

슥!

즐기기를 원하는 그녀가 이한열과 눈을 마주쳤다.

"이제부터 너는 내 방패야. 따라와."

그녀는 때리는 걸 선호할 뿐 맞는 건 싫었다.

몸이 튼튼한 이한열이 그녀를 보호해야 했다.

휙!

그녀가 담장에서 그대로 낙하했다.

파라락! 파라락!

화려한 옷자락이 펄럭거렸다.

'육체적인 방패와 함께 당신의 결핍된 마음의 방패까지 되어드리겠습니다.'

이한열은 속으로 다짐했다.

감정의 결핍은 치명적인 독으로 작용할 수도 있었다.

육체적인 부분보다 마음의 보호가 주수선에게는 더욱 필요했다.

선비는 자신을 알아주는 주군을 위해 목숨을 바치는 법!

천인혈골과 혈혼피, 그리고 신분까지 올려 준 주수선을 위해 목숨까지는 아니겠지만, 이한열은 할 수 있는 최선을 다하겠다고 마음먹었다.

그 최선이 지금 당장 필요했다.

이번 황자지란에서 패배하게 되면 황족으로서 누리던 모든 걸 빼앗겨 버릴 수도 있었다. 그와 함께 이한열의 앞날에도 불행이 생겨날 것이다.

"갑니다."

이한열이 그녀를 따라 뛰어내렸다.

자연스럽게 떨어진 그가 그녀의 옆에서 나란하게 걸었다.

사박! 사박!

저벅! 저벅!

그들이 지리멸렬한 장충신 무리를 뚫고 안으로 깊이 들

어갔다. 깊이 들어갈수록 피 냄새가 진하게 났고, 땅바닥에는 붉은 피를 흘리고 있는 시체들이 쓰러져 있었다.

"크으윽!"

"윽! 어머니……."

치명적인 부상을 입은 자들이 땅바닥에 넘어져서 신음을 흘렸다.

주수선과 이한열이 신음 소리를 들으면서 물 흐르듯 앞으로 나아갔다. 죽고 죽이는 난전 속에서 그들은 겁 없이 편안하게 발을 내디뎠다.

"후후후! 이겼다."

봉수대 위에서 전황을 지켜보고 있는 모민주는 느긋했다.

적들의 공격을 쉽게 막아냈고, 이제 얼마 남지 않은 적들을 가볍게 보는 마음까지 생겨났다.

"조금만 더 상대하다가 아래로 내려가서 쓸어버려야겠어."

모민주가 적들을 모두 일망타진하려는 계획을 세웠다.

그는 이번 기회에 큰 전공을 거둠으로써 차후에 있을 논공행상에서 공신자리를 차지할 생각이었다.

그가 행복한 상상을 하고 있을 때였다.

공격을 무난하게 막아 내고 있던 최전방의 부하들이 피

를 흩뿌리면서 쓰러졌다.

"크아악!"

"아아악!"

"으악!"

부하들의 비명 소리가 연달아서 울려 퍼졌다.

모민주가 당황한 얼굴로 황급히 무너지고 있는 곳을 쳐다보았다.

그곳에는 아름다운 여인이 한 마리 나비처럼 우아하게 날아다니고 있었다. 엉덩이까지 내려오는 긴 머리카락을 흩날리는 여인의 모습은 무척이나 환상적이었다.

그녀의 손이 번뜩거릴 때마다 끔찍한 음향이 터졌다.

퍼억! 퍽!

빠득! 빡!

요란한 소리가 일어날 때마다 살이 뭉개지고, 피를 뿌리고, 뼈가 부러진 병사들이 사방으로 튕겨졌다.

휘이익! 휘익!

번쩍! 번쩍!

그녀의 좌수가 번쩍거리자 푸른빛이 일렁였다.

그녀의 우수가 흩날리자 붉은빛이 화악 일어났다.

"황궁 십대 장법인 벽혈장과 적염장이다."

양강지공과 음한지공을 동시에 익힌다는 것은 불가능하

다고 알아 왔던 모민주가 경악했다.

그가 알고 있던 좁은 세상이 산산이 깨져나갔다.

황궁 십대 장법의 위력은 무시무시했다.

특히 양강지공과 음한지공이 함께 발휘되면서 그 위력이 더욱 증폭됐다.

"아아악!"

"크악!"

비명을 내지르는 병사들이 추풍낙엽이 되어 쓰러졌다.

부하들의 죽음에 격분한 장수 한 명이 주수선 앞으로 튀어나왔다.

"내가 막겠다."

장수의 손에 들린 대검이 번뜩거렸다.

후우우! 후우웅!

유형화된 검기가 대검의 날을 타고 흘렀다.

기를 검에 집중시켜 검기를 만든 뒤 맥동시키는 어기충동 수준에 오른 장수였다. 진동을 하는 어기충동의 검은 보검처럼 예리했다. 바위도 두부처럼 가볍게 뚫고 지나갈 수 있었다.

"호호호! 물러서지 않고 앞으로 나서다니 장수다워."

그녀가 웃으며 장수의 등장을 반겼다.

"닥치고 죽어라."

장수가 대검을 냉혹하게 휘둘렀다.

휘익!

대검이 주수선의 허리를 양단시키려는 듯 매섭게 닥쳐들었다.

"임전무퇴도 좋지만 사람을 봐가면서 달려들어야지."

주수선이 다가오는 검을 향해 가볍게 푸른 손을 휘둘렀다.

콰자작!

어기충동의 날카로움을 자랑하던 검이 그대로 박살 나버렸다.

"커헉!"

온몸이 퍼렇게 변해가는 장수가 입에서 피를 뿌리면서 붕 떠서 뒤로 나가떨어졌다. 그의 입에서 연신 붉은 피가 흘러나왔는데, 그 안에 부스러진 내장조각도 섞여 있었다. 벽혈장에 당한 장수의 눈에서 생기가 빠른 속도로 사라졌다.

땅바닥에서 신음을 내뱉고 있던 장수의 숨이 끊어졌다.

"주제도 모르면서 달려들면 그 꼴이 되는 거야."

주수선이 오연하게 말하며 앞에서 거치적거리는 병사들을 싸늘한 시선으로 훑었다. 만인을 짓누르는 위엄이 그녀의 몸에서 자연스럽게 피어났다.

그건 오랜 시간 높은 위치에서 누려 본 사람만이 가질 수 있는 기세였다.

닥치고 죽으라니?

난전에서 내뱉은 단순한 말이었지만 주수선이 받아들일 수 있는 한계를 넘어섰다.

물론 넘어서지 않았다고 해도 거치적거리기에 쓸어버렸을 테지만…….

주수선의 앞에 적으로 나타난 순간부터 이미 죽음이 결정됐다.

"천방지축 말괄량이 주수선 황녀로구나."

마침내 모민주가 주수선의 정체를 알아차렸다.

오연할 정도로 강함을 드러낸 주수선을 보면서 모민주가 초조함을 느꼈다. 그는 이대로 주수선을 방치하면 사단이 벌어질 거라는 사실을 깨달았다.

"가까이 붙지 말고 떨어져. 화살로 공격하고, 그곳을 창으로 벌려라. 장수들이 선봉에 서고, 기를 유형화시킬 수 있는 고수들이 뒤를 받친다."

모민주가 당황하는 부하들에게 지시했다.

주수선의 등장에 놀랐던 부하들이 진영을 다시 정돈하기 시작했다. 잘 훈련된 그들이 머릿수를 내세워 주수선을 압박하였다.

휘이익! 휘익!

쉬이잇! 쉿!

화살들이 떼를 지어 주수선에게 쇄도했다.

높은 위치에서 벼락처럼 내리꽂히는 화살들은 대부분 나무 화살이었지만 개중에는 강철화살도 섞여 있었다. 강력한 힘이 실린 빠른 화살이 주수선에게 위협적으로 달려들었다.

화살의 숫자가 너무 많았다.

"궁수대는 삼열로 나누어서 쉬지 않고 연환하여 화살을 쏜다."

장군인 모민주는 많은 병력으로 고절한 고수를 상대하는 법을 잘 알고 있었다. 오랜 경험을 바탕으로 노련하게 병사들을 지휘한 그는 주수선을 어렵게 만들었다.

자금성에서 근무하는 병사들은 하나같이 실력들이 보통을 넘어섰다. 백만 명에 육박하는 병사들 가운데 뽑은 실력자들이었다. 배경으로 오는 자들도 많았지만, 실력이 들통나서 금방 낙오됐다.

"이놈의 화살들 짜증 나네."

처음처럼 마음대로 적들을 처리하지 못하는 주수선이 얼굴을 찡그렸다.

그녀는 이럴 때 사용할 수 있는 인간방패가 있었다.

"방패 앞으로!"

그녀의 붉은 입술이 열렸다.

주수선이 짜증을 내고 있는 사이, 이한열은 위기에 처한 장충신의 병력들을 돕고 있었다. 이 황자와 삼 황자의 반란군을 진압하기 위해서는 상당한 수의 병력이 필요했기 때문이었다.

퍽!

이한열의 철사장에 병사 한 명이 피떡이 되어 날아갔다.

"감사합니다. 덕분에 살았습니다."

검에 베여 팔에서 피를 철철 흘리는 병사가 이한열에게 고개를 숙이며 고마워했다.

"뒤쪽으로 물러나 상처를 돌보시오."

이한열이 말하면서 전황을 살폈다.

"부대를 지휘하는 장군의 이름이 어떻게 되오?"

"장충신 장군이라고 합니다."

"상처를 치료하기 전에 장충신 장군에게 가서 주수선 군주 마마의 명령을 전하시오. 군주 마마께서 뚫고 가는 길을 따라 진격하라고 말이오."

이한열은 이야기를 하는 와중에도 주수선에게서 멀리 떨어지지 않았다. 그는 언제라도 달려갈 수 있게 그녀에게 시선을 두고 있었다.

"명을 받듭니다."

병사가 빠른 걸음으로 뒤쪽에 있는 장충신 장군에게 가서 말을 전했다. 그가 손가락으로 이한열과 주수선을 가리키면서 열변을 토하고 있었다.

"주수선 황녀께서 우리와 함께하고 있다. 역적들을 토벌하자."

장충신이 검을 높이 치켜들면서 소리쳤다.

그는 지휘능력이 떨어지기는 했지만 병사들을 독려하는 솜씨가 제법이었다.

"와아아아!"

"와아! 반역자들을 쓰러뜨리자."

조금 전까지 꺼질 것만 같았던 병사들의 사기가 드높아졌다. 주수선 황녀가 보여 주고 있는 신위가 그만큼 놀라웠고, 또 황녀가 함께한다는 사실이 병사들에게 힘을 실어줬다.

주수선이 뚫어 놓은 공간을 따라 병사들이 진격했다.

무수하게 쏟아지던 화살들이 주수선에게 집중되어 있었기에, 병사들은 수월하게 진격할 수 있었다. 병사들이 반역자의 무리와 함께 치열하게 난전을 벌이기 시작했다.

"인정사정 보지 말고 적을 쓰러트려라!"

가장 앞쪽으로 나선 장충신이 검을 휘두르면서 외쳤다.

조금 전까지 부진했던 실적을 만회하려는 책임감 때문인지 그가 분전했다. 피아를 가리지 않고 사상자가 속출했다.

"이제 됐다."

이한열이 전황을 살피면서 중얼거렸다.

불리하고 밀리기만 하던 전장의 상황이 새롭게 바뀌고 있었다. 장충신의 병사들이 유리하지는 않았지만 그렇다고 불리하지도 않았다.

전황을 예리한 눈으로 살피고 있던 이한열이 아군을 도우려고 움직이려고 할 때, 주수선의 '방패 앞으로!' 라는 목소리가 들렸다.

"갑니다."

이한열이 외치면서 화살들이 무더기로 쏟아지는 공간으로 뛰어들었다.

"고슴도치로 만들어 버리자."

"죽으려고 환장했구나."

궁수들이 이한열을 보면서 살기를 듬뿍 뿜어냈다.

활에서 쏘아진 화살들이 이한열을 향해 벼락처럼 쏟아졌다.

쉬이익! 쉭!

이한열이 외가비망의 쾌속신체를 발휘해서 빠르게 움직였지만 모든 화살에서 벗어날 수는 없었다.

"피할 수 없다면 맞으면서 간다."

결심한 이한열이 쇄도하는 화살을 향해 그대로 몸을 날렸다.

팅! 티잉!

틱! 티이익!

이한열의 몸에서 기묘한 소리가 연달아서 울렸다.

터어엉!

강렬한 소리와 함께 강철 화살이 이한열의 이마를 그대로 때렸다.

휙!

이한열의 고개가 뒤로 홱 꺾였다.

정확하게 이한열의 머리를 꿰뚫으려고 한 화살이었다.

스읔!

꺾였던 이한열의 고개가 다시금 정면을 향했다.

강철 화살에 맞았지만 이한열의 얼굴에는 아무런 생채기도 보이지 않았다. 그건 육체의 다른 부위도 마찬가지였다. 화살에 맞았지만 어느 한 곳 피 흘리는 부위가 없었다.

"허억!"

"화살이 통하지 않아."

"어떻게 된 거야?"

궁수들의 당혹한 외침이 그대로 밑에까지 전해져왔다.

씨익!

이한열이 웃으면서 주수선의 옆으로 날아들었다.

"늦었잖아."

주수선이 이한열을 힐난하는 눈초리로 바라보았다.

"죄송합니다."

이한열이 고개를 숙였다.

"쳇!"

변명하지 않는 이한열을 본 그녀가 혀를 찼다.

사실 그녀는 싸우면서 장충신의 병사들을 돕는 이한열의 모습을 봤다. 그로 인해 전황이 뒤바뀌어 주변에서 난전이 벌어지고 있었다.

"화살들을 막으면서 진격해."

"알겠습니다."

이한열이 앞으로 성큼성큼 나아갔다.

퍼퍼퍽! 퍼퍼퍽!

티티팅! 티티티티티팅!

화살들이 빠르게 날아들었다가 더욱 빠른 속도로 튕겨졌다. 궁수들이 사력을 다해 화살을 쏘았지만 이한열의 피부를 뚫지 못했다.

"호신강기를 몸에 두른 것인가?"

"어떻게 해? 화살이 통하지 않아."

궁수들이 당황했다.

그들이 당황하자 모민주의 다른 병사들까지 함께 술렁거렸다.

"호신강기는 막대한 진기를 소모한다. 조금만 더 공격하면 호신강기가 사라질 것이다."

모민주가 외쳤다.

그의 외침에 부하들의 술렁거림이 잦아들었다.

그의 말은 틀리지 않았다.

호신강기를 사용하기 위해서는 엄청난 진기기 필요했다.

팔만사천모공에서 진기를 뿜어내어 호신강기를 일으킬 수 있었지만, 주수선은 막대한 진기소모 때문에 사용하지 않았다.

하지만 모민주는 미처 몰랐다.

화살을 막고 있는 이한열이 호신강기를 사용한 것이 아니라 외문무공을 익혔다는 사실을 말이다. 사실상 그것이 전장의 승패를 결정지었다.

第二章

기책

텅! 티잉!

틱! 티이익!

이한열이 날아드는 화살을 막거나 피하지 않았다.

뒤쪽에서 따라오고 있는 주수선을 보호하기 위함이기도 했지만, 화살들이 그에게 별다른 피해를 주지 못하고 있었기 때문이었다.

텅! 터어엉!

텅엉! 텅어어엉!

강력한 힘이 실린 강철 화살들이 부딪칠 때마다 이한열이 따끔함을 느끼기도 했지만 괜찮았다. 단지 옷에 점점 더

구멍이 많아지고 있다는 사실만 문제일 뿐이었다.

모민주가 당황하지 않고 조금 더 냉철히 관찰했다면 옷이 넝마조각이 되어 가고 있는 점을 이상하게 생각했을 것이었다.

호신강기를 발출할 정도의 고수라면 화살 세례 속에서 옷까지 멀쩡해야 했다.

저벅! 저벅!

이한열이 성큼성큼 걸어 궁수들의 십여 장 앞쪽까지 접근했다.

코앞까지 접근한 이한열을 본 궁수들이 사력을 다해서 활을 날렸다. 삼열 교대로 연환하던 그들이 닥치는 대로 화살을 쏘았다. 끝없이 쏟아지던 화살 세례에 드문드문 조금씩 끊김이 발생했다.

"좋아."

이제껏 이한열의 뒤에서 안전하게 접근한 주수선이 한 마리 새처럼 날아올랐다.

퍼엉! 펑!

콰아앙! 쾅!

허공에서 그녀의 좌수와 우수가 번뜩거릴 때마다 폭음이 궁수들 사이에서 터졌다.

"으아악!"

"아아아악!"

궁수들이 비명을 토하면서 그대로 터져 나갔다.

벽혈장을 얻어맞은 궁수들은 푸른색으로 물들어서 피를 질질 흘렸고, 적염장에 얻어맞은 궁수들에게서는 고기 타는 기괴한 냄새가 났다.

화살로 인해 곤경을 받았던 그녀가 작심하고 궁병들을 작살냈다. 그로 인해 궁병들이 순식간에 박살이 나서 쓰러졌다.

파라락! 파라라락!

옷자락을 펄럭거리는 주수선이 땅에 내려섰을 때, 대지 위에 두 발을 내딛고 있는 궁병들은 더 이상 보이지 않았다. 대부분 시체가 되어 있었고, 운 좋은 자들만이 바닥에 쓰러져서 비참한 신음을 지르고 있었다.

양 떼 속에 뛰어들어 학살을 자행한 주수선의 눈빛이 얼음처럼 서늘했다.

"흥! 죽었다고 안심하지 마라. 황족시해를 노린 역적들의 가족들까지 모조리 박살 내주마."

주수선이 한을 품었다.

병사들은 황족의 분노를 죽어서도 감당하지 못했다.

"이럴 수가……."

순식간에 궁수부대를 잃어버린 모민주가 입을 쩍 벌린

채 경악했다.

궁수부대가 있었던 장소는 폭탄이라도 터진 듯 땅이 푹 파여 있었다. 삼 장가량 치솟았던 흙더미의 일부가 바람을 타고 아직까지 흩날렸다.

"건방진 놈! 뭐가 이럴 수가야? 당연한 결과지."

주수선이 턱을 치켜세우면서 가소롭다는 표정을 지었다.

궁수부대를 쓸어버린 걸로는 분노한 그녀의 간에 기별도 가지 않았다.

슥!

그녀가 오만한 시선으로 주변을 둘러봤다.

모민주를 비롯해 살아남은 적들이 경악한 눈빛으로 주수선을 바라보았다.

이미 전투의 승패는 결정 났다.

하지만 한껏 달아오른 전장의 열기가 아직 식지 않았다.

"빌어먹을 새끼! 아까 나를 죽이려고 창을 찔렀지?"

"내 동료를 죽인 놈이 너지? 얼굴 똑똑하게 기억하고 있었다."

"이 순간이 오기를 간절하게 빌었다. 흐흐흐!"

장충신의 병사들이 조금 전까지 치열하게 싸웠던 적들을 바라보며 이를 박박 갈았다. 그에 반해 커다란 피해를 입은 모민주의 부하들이 비굴한 표정을 지었다.

"고의가 아니었습니다."

"명령 때문에 어쩔 수 없었습니다."

"제발 살려주십시오."

모민주 측의 병사들은 살기 위해서 무릎을 꿇거나 손에서 병기를 내려놓았다.

"뭔 개소리야! 닥치고 죽어."

"사람 죽여 놓고 살려달라고 하는 뻔뻔한 놈이네. 동료를 다시금 살려놓으면 너도 살려 줄게."

"흐흐흐흐! 목 쭉 늘이고 있어라. 창으로 모가지를 따주마."

장충신 병사들이 적들의 몸에 검과 창 등의 날카로운 병기를 푹푹 찔러 넣었다.

"아아악!"

"크악!"

"잔인하다."

많은 피해를 봐서 분노한 병사들에게 용서받지 못한 적들이 땅바닥에 쓰러졌다.

'죽이려고 했으니 응당 보복을 받은 것이다.'

이한열이 살육의 현장을 보면서 안타까워했지만 구태여 막아서지는 않았다.

'지금은 자비보다 잔혹한 폭력이 더 필요하다.'

이한열이 사방을 훑으며 생각했다.

전장에서 싸운 사람들보다 더욱 많은 사람들이 구경을 하고 있었다. 담장 위에 서서 혹은 건물 안에서 창문을 통해 전투를 살피고 있었다. 황자지란에 직접적으로 참여하지 않고서 방관하는 자들이었다.

'저들을 끌어들여 세를 키워야 한다.'

이한열의 머릿속이 분주하게 돌아갔다.

관망하고 있는 사람들을 황태자 편으로 끌어모으면 상황이 더욱 유리해진다.

"군주 마마! 지금부터 황태자님을 따르겠습니다. 받아주십시오."

모민주가 바닥에 털썩 무릎을 꿇으며 주수선에게 간청했다. 조금 전까지 칼을 들이댔던 그가 천연덕스럽게 진영을 바꾸려고 하였다.

"누구 마음대로?"

"반역자 삼 황자에 대한 비밀을 알고 있습니다."

모민주가 자신의 생명을 구원해 줄 수단을 꺼냈다.

"비밀?"

"그렇습니다. 받아 주신다면 반역자의 비밀을 소상하게 알려드리겠습니다."

모민주는 주수선이 받아 들을 수밖에 없다고 자신했다.

"훗!"

주수선이 코웃음 쳤다.

화악! 확!

벽혈장과 적염장을 잔뜩 끌어올린 그녀의 좌수와 우수에서 푸른빛과 붉은빛이 쏟아졌다.

"안 맞아 봐서 헛소리가 나오지? 맞다 보면 입을 열고만 싶을 거야."

주수선이 싸늘하게 웃으며 양손을 휘둘렀다.

빠아악! 빡!

청명한 구타 소리가 울렸다.

"크아아악! 아아악!"

얼음처럼 차가운 한기와 불꽃처럼 뜨거운 열기가 모민주의 몸에 휘몰아쳤다. 이질적인 두 기운이 부딪치면서 지독한 고통을 야기했다.

"아아악! 악!"

얼굴을 휴지 조각처럼 일그러뜨린 모민주가 바닥을 데굴데굴 굴렀다.

빠악! 빽!

주수선은 모민주가 죽지 않도록 적절하게 벽혈장과 적염장의 기운을 조절했다. 너무나도 고통스러워하는 모민주를 보면서 그녀가 활짝 웃었다.

푹! 푸욱!

빡! 빡!

그녀의 양손이 모민주의 몸 위에서 춤을 췄다.

"끄아아아악!"

찢어지는 비명 소리가 모민주의 입에서 길게 튀어나왔다.

너무나도 처절한 비명에 지켜보고 있던 이한열까지도 섬뜩했다.

'저 고통 내가 알지.'

먼저 경험한 적이 있는 이한열이었다.

"끄으윽! 제발……."

모민주가 주수선에게 간절한 눈빛으로 그만해 달라고 청했다. 하지만 청한다고 들어 줄 정도로 주수선은 자상한 성격이 아니었다.

"말을 하려면 끝까지 해야지. 더 때려달라고? 알았어."

주수선이 가볍게 모민주의 간절한 눈빛을 짓밟았다.

빠악! 빡!

빠어억! 빽!

모민주의 몸에서 둔탁한 소리가 경쾌하게 일어났다.

구타소리가 마치 운율을 가락처럼 구성졌다.

무지막지하게 때리면서도 음악을 연주하는 주수선이었

다.

"제발…… 알고 있는…… 비밀을…… 말하겠습니다. 제발 말하게…… 해 주십시오."

모민주가 반쯤 정신이 나가서 침을 질질 흘리고 있는 와중에 필사적으로 하고 싶은 말을 완성했다.

"아직 말하지 않아도 괜찮아."

"제가 말하고 싶습니다."

모민주가 비굴하게 구걸하다시피 청했다.

지독한 고통에 처음의 당당한 모습은 사라진 지 오래였다.

"쩝! 아쉽네. 아직도 더 때리고 싶은데……."

아직 만족하지 못한 주수선이 입맛을 다셨다.

파라락! 파라락!

사라라! 사라라라!

바람도 불지 않는데 주수선의 머리카락과 옷자락이 요란하게 펄럭였다. 요동치는 대기 속에서 주수선의 몸에서 막대한 진기가 흘러나와 기막을 쳤다.

비밀스러운 이야기일수록 듣는 사람이 적어야 한다고 생각한 그녀는, 호신강기만큼 막대한 진기를 소모하는 기막을 수월하게 펼쳤다.

쩌러렁! 쩌러렁!

그녀의 손에 채워진 팔찌에서 기묘한 소리가 부드러운 가락이 되어 울렸다.

마치 바람의 소리라고 할까?

천풍령이라는 기물이 기막을 수월하게 펼칠 수 있도록 주수선을 도와줬다.

'선천진기가 흘러나오고 있다.'

이한열이 주수선의 손에 채워진 팔찌를 보면서 이채를 반짝거렸다.

그가 몸에 담고 있는 마병들과 달리 주수선의 팔찌 천풍령에서는 선천진기가 흐리고 있었다. 기분 좋은 바람 소리와 함께 천풍령에서 흘러나오는 바람이 이한열의 몸을 부드럽게 감쌌다.

'신병이기로구나. 하기는 천인혈골과 혈혼피를 쉽게 건네준 군주 마마이신데 신병이기가 없는 것이 오히려 이상한 일이지.'

이한열이 납득했다.

황궁무고와 황궁보고를 제집처럼 드나들던 주수선의 몸에는 기이한 신경이기들이 넘쳐났다. 좋아 보이는 신병이기를 보면 주수선이 직접 챙겼다.

값을 따질 수 없는 신병이기들이었다.

가장 하찮은 물건이라고 해도 성보다 비쌌다.

그녀는 걸어 다니는 재신이었다.

"말해 봐."

주수선이 모민주를 내려다보며 오만하게 지시했다.

"도첨의 송서와 밀직부사 왕유소, 도첨의사사 장안우가 삼 황자를 지지하고 있습니다. 고세, 송방연, 오연, 한백초, 진량필들이 자금성 안에서 밖에서 오는 지원군들과 합치기로 하였습니다."

모민주가 알고 있는 사람들을 밀고했다.

지금성 안에서 삼 황자를 지지하는 자들을 알게 된 건 커다란 소득이었다. 그들을 처리하면 삼 황자의 손발이 잘리는 것과 진배없었다.

"그게 전부?"

이야기를 듣고 있던 주수선의 얼굴이 차가워졌다.

비밀이라고 털어놓은 것이 그녀의 마음에 눈곱만치도 들지 않았기 때문이었다.

그녀의 기준에서 적들은 닥치는 대로 쓸어버리면 그만이었다.

"아닙니다. 알고 있는 게 또 하나 있습니다."

"뭐야? 이번에도 시시하면 알지?"

주수선이 앙증맞아 보이는 가녀린 손을 휘휘 저으면서 협박했다.

모민주의 얼굴이 창백해졌다.

"독공을 익힌 초고수가 반역자를 따르고 있습니다."

"독공의 초고수?"

"워낙 비밀로 하고 있기에 누구인지는 모릅니다. 다만 합류한 지 얼마 안 된 인물이라는 것을 언뜻 들었습니다."

"난장판이네. 이제 별 잡것들이 황실의 불난 집에 부채질을 하고 있어."

주수선이 쓴웃음을 지었다.

그녀가 별 잡것이라고 이야기했지만 독공의 초고수는 결코 무시할 수 없는 위인이었다. 대량살상과 은밀하게 중독시킬 수 있는 독공의 초고수는 상대하기가 까다로웠다.

"반역자 삼 황자가 독공의 초고수에게 황태자를 암살하라고 하였습니다."

모민주는 자신이 살아남기 위해 삼 황자의 중대한 계획을 누설했다.

"뭣이!"

주수선이 화들짝 놀랐다.

알아도 막기 힘든 것이 바로 독살이었다.

주윤무의 경호에 있어 철저하게 대비를 하고 있다고 하지만 독공을 익힌 초고수라면 결코 안심할 수 없었다.

"이번 건 쓸 만한 정보였지요. 제발 살려 주십시오."

"오히려 걱정만 끼치는 정보인데 뭐가 쓸모 있어? 더 할 이야기 있어?"

주수선이 화를 냈다.

"그것이……."

말끝을 흐린 모민주가 필사적으로 머리를 굴렸지만 더 이상 말할 비밀이 떠오르지 않았다. 알고 있는 모든 비밀을 다 털어놓았지만 주수선의 분노를 덜어내지는 못했다.

"이제 더 이상 말할 비밀이 없나 보구나. 그럼 이제 다시 시작해 보자."

주수선이 소맷자락을 걷었다.

새하얀 섬섬옥수를 본 모민주의 뇌리 속이 새하얗게 변했다.

"약속과 다르지 않습니까?"

모민주가 발악적으로 외쳤다.

"내가 언제 약속을 했다고 그래? 그래도 비밀을 토해 낸 걸 가상하게 여겨 한 방에 끝내줄게."

휘익!

그녀의 가녀린 손이 모민주에게로 향하려고 할 때였다.

"잠시만 기다려 주십시오. 그를 요긴하게 활용할 수 있는 좋은 방법이 있습니다."

이한열이 끼어들면서 주수선을 막아섰다.

"뭔데?"

"저자를 활용하면 반역자의 무리들을 혼란시킬 수 있습니다."

"자세히 설명해 봐."

"반역자인 삼 황자의 무리들이 빠르게 움직일 수 있었던 건 바로 봉화 때문입니다. 봉화를 보고서 반역자들이 사방에서 몰려오고, 또 서로 유기적으로 연결되어 있습니다."

"호호호! 봉화로 적들에게 잘못된 정보를 흘리자는 이야기구나!"

주수선이 박수를 치면서 좋아했다.

봉수대의 봉화는 무척이나 중요했다.

황대목은 유사시 가장 먼저 봉수대를 차지하라고 심복인 모민주에게 지시해 놓았다. 많은 병력을 지휘하는 장군답게 혼란스러운 시기에 정보의 중요성을 잘 알았다.

황제의 서거 이후 봉수대를 차지한 모민주에 의해 자금성에서 일어나는 일들이 봉화를 통해 먼 거리에 있는 황대목과 삼 황자 무리들에게 빠르게 전달됐다.

삼 황자 반란군 사이에 약속된 신호를 알고 있는 건 모민주 뿐이었다. 모민주가 살아 있어야만 적들에게 역정보를 뿌릴 수 있었다.

"팔다리를 부러뜨려도 괜찮잖아. 입만 멀쩡하면 부하들

을 부려서 일할 수 있을 것 같은데……."

주수선이 여전히 아쉬워하며 입맛을 다셨다.

부르르! 부르르!

흉악하고 배고픈 괴수 앞에 선 것처럼 모민주가 몸을 벌벌 떨었다.

"봉수대를 차지하라고 한 자가 황대목이지요?"

"맞습니다. 어떻게 아셨습니까?"

"정보를 중요하게 생각하는 그라면 가장 먼저 봉수대를 차지하려고 했겠지요. 봉화로 신호를 보내면 혼란스러운 시기에도 반란군들이 효율적으로 움직일 수 있으니까요."

놀란 모민주를 내려보면서 이한열이 대수롭지 않게 말했다.

정보들을 취합해 보면 봉수대를 차지한 이유를 짐작하기가 어렵지 않았다. 동창에서 일하면서 정보의 중요성을 이한열도 제대로 느꼈다.

그리고 그 이전에 이한열은 공부하며 미리 준비하는 습관을 가지고 있는 학사였다. 지피지기면 백전백승인 법, 그는 적들에 대해 철저하게 파헤쳤다.

"쉬지 않고 달려왔다면 황대목이 멀지 않은 곳에 도착을 했을 것입니다."

이한열은 황대목의 기마병이 자금성에 도착할 수 있는

최단시간을 미리 파악해 뒀다. 그 최단시간이 지금 약간 지나가고 있는 시각이었다.

"그것까지는 잘 모르겠습니다."

모민주가 제대로 된 답을 내놓지 못했다.

그는 봉화를 올리면서 봉수대를 철저하게 지키는 역할이었다.

모민주의 대답은 이한열에게 중요하지 않았다.

"봉수대에서 격전이 일어나고 있으며 지원군이 없으면 곧 빼앗길 것 같다는 신호를 보내시오. 일을 제대로 하면 목숨을 보장해 주겠지만, 혹시라도 수작을 부리면 바로 군주 마마에게 넘기겠소."

이한열이 당근과 채찍을 동시에 사용했다.

"당장 하겠습니다."

이한열의 말에 바닥에서 무릎 꿇고 있던 모민주가 번개처럼 움직였다.

구사일생한 그는 곧바로 부하들을 부려 봉수대에서 봉화를 피웠다. 희고 검은 연기들과 연에 매달린 횃불 등이 하늘 위로 높게 치솟았다.

"혹시 수작을 부리는 것이 아닐까?"

주수선이 만약의 경우를 생각했다.

"영혼까지 아프게 만드는 군주 마마의 장법을 진하게 맛

본 자입니다. 딴생각을 할 여유가 눈곱만치도 없을 겁니다."

이한열은 모민주가 감히 장난을 치지 못할 것이라고 확신했다.

사실 이한열도 버티기는 했지만, 처음 주수선의 장법을 맛보고 난 뒤 영혼까지 탈탈 털리는 느낌이었다. 몸이 튼튼하지 못한 모민주는 더욱 큰 고통을 경험했을 것이다.

"쳇! 나를 괴롭힌 놈이라 두고두고 괴롭히려고 했더니……."

주수선이 아쉬워했다.

사아아아아! 사아아아아!

천풍령의 운율가락이 잦아들면서 기막이 사라졌다.

부드럽게 흩날리던 주수선의 머리카락도 고요하게 내려앉았다.

"이제 어떻게 하지?"

주수선이 이한열을 바라보면서 물었다.

"군주 마마. 병력들을 많이 끌어모아야 합니다."

"뭐? 그럴 필요 없잖아?"

주수선은 오라버니인 주윤무에게 곧장 갈 생각이었다.

예정대로 진행됐다면 황태자 주윤문의 곁에는 이미 상당히 많은 병력과 고수들, 대신들이 집결되어 있었다. 그들과 함께 반역의 무리를 쓸어버리면 충분했다.

"반역자들도 오랜 시간 준비해 왔습니다. 어떻게 될지 모르는 상황에서 병력이 많을수록 좋습니다."

이한열이 조언했다.

"맞는 말이야."

주수선이 즉시 고개를 끄덕였다.

그녀는 받아들일 부분이 있으면 고집 피우지 않고 즉석에서 생각을 바꿨다. 천방지축이지만 그만큼 순수한 면이 있었다.

"주변을 둘러보십시오. 황자지란에 참가한 병력보다 방관하고 있는 사람들이 더욱 많습니다. 그들을 포섭하셔야 합니다."

슥!

주수선이 사방을 둘러보았다.

싸웠던 무리들보다 더욱 많은 병사와 금군, 금의위들이 지켜보고 있었다.

"어떻게 포섭해?"

"반역자들을 가만히 지켜보고 방관하는 자들도 큰 죄를 짓고 있는 겁니다. 반역의 무리와 연관되어 있다고 오해받기 싫다면 합류할 수밖에 없습니다."

이한열이 묘책을 이야기했다.

"사악해."

"사악한 것이 아니라 기책이라고 해 주십시오."

"키키킥!"

그녀가 배꼽을 잡으면서 웃었다.

사악한 기책에 당한 자들이 버둥거릴 걸 생각하자 절로 웃음이 나왔다.

그녀가 직접 두 손을 휘둘러서 사람들을 잡는다면 이한열은 세 치 혀로 사람들을 휘어잡았다.

"천복궁 삼층 건물 창문에서 내려다보고 있는 석천보 금군 천인장은 필히 포섭해야 할 사람입니다. 말씀하실 때 석천보의 이름을 말씀하시면 그가 감히 빠져나가지 못할 겁니다. 담장 위에 있는 훈련대장 오기의 이름도 거론하십시오."

이한열이 큰 힘이 될 사람들을 이야기했다.

동창의 방대한 정보를 살피면서 이한열은 자금성의 많은 사람들에 대해서 알았다. 중요한 사람들에는 전신을 그린 그림까지 있었기에 이한열이 석천보와 오기를 알아보기 어렵지 않았다.

"방관하고 있는 자들은 들으라! 반란군을 진압해야 할 병사와 장수들이 가만히 구경하는 죄는 마차로 찢어 죽이는 차열형보다 더욱 무겁다. 자금성을 보호하라는 하늘 같은 황제의 명을 받아 놓고도 외면한 것이 죄이다. 금군 장수 석천보! 너의 죄를 알면 당장 나와서 부복하라. 훈련대장 오기! 너의 죄를 알렸다! 계속 그 자리에 있으면 일이 끝난 뒤 삭탈관직한 후 감옥에 가두리라!"

주수선이 일갈을 터트렸다.

우우웅! 우우웅!

진기를 가득 머금은 그녀의 외침이 사방으로 퍼져 나갔다.

"헉!"

삼층 창문에서 전장을 지켜보고 있던 석천보가 화들짝 놀랐다.

그는 주수선의 입에서 설마 자신의 이름이 나올 줄은 상상도 하지 못했다.

황자지란에서 중립의 위치에 있는 그는 휘하 천 명의 병력들을 움직이지 못하도록 했다. 황자지란이 마무리되고 난 뒤 승리한 황자에게 붙을 속셈이었다.

하지만 주수선 황녀에 의해 숨어서 지켜보며 방관하고 있던 사실이 들통 난 이상 이대로 있을 수는 없었다.

"젠장!"

석천보의 입에서 욕설이 튀어나왔다.

주수선의 외침을 들은 사람들이 너무 많았다.

이대로 계속 방관하다가는 어느 황자가 승리를 한다고 해도 그는 비겁자가 되어 버린다. 삭탈관직은 물론 집안까지 풍비박산 날 수 있었다.

필히 세 명의 황자 가운데 한 명을 선택해야만 했다.

"호신강기를 발출할 수 있는 초고수가 함께하고 있고, 황태자라는 명분이 있으니 나쁘지 않은 선택이 되겠지."

황태자를 따르기로 결심한 석천보가 삼 층에서 뛰어내렸다.

휘익!

벽을 박찬 그가 한 마리 새처럼 빠르게 날아가 주수선의 앞으로 내려섰다.

털썩!

내려서는 순간 그가 오체투지를 했다.

"신 석천보가 주수선 군주 마마를 뵙습니다. 아뢰옵기 황송하오나, 방관하고 있었던 것이 아니오라 휘하 병력의 전개를 기다리고 있었던 것이옵니다."

전황을 구경하고 있다가 주수선 황녀에게 코가 꿰인 석천보가 땅에 머리를 박은 채로 변명했다. 이제 죽으나 사나 황태자를 다음 황제로 올리기 위해서 싸워야만 했다.

석천보의 결정과 함께 그의 휘하에 있는 일천 명의 금군이 황태자를 지지했다.

슥!

그의 옆에 또 한 명의 사람이 달려와서 오체투지를 하면서 소리쳤다.

"훈련대장 오기가 군주 마마를 뵙습니다. 죽을죄를 지었습니다. 감히 청하건대, 용서해 주신다면 주윤무 황제 폐하를 위해 몸과 마음을 다 바치겠습니다."

선택권이 없는 건 오기 역시 마찬가지였다.

관망하고 있던 오기의 향배가 황태자 주윤무에게 정해졌다.

그의 선택의 한쪽에도 호신강기를 꾸준하게 뿜어내고 있던 이한열이 있었다. 호신강기를 뿜어낼 수 있을 정도면 일인군단이라고 할 정도로 최강의 전력이었다.

훈련대장 오기 휘하에 있는 병력은 경험과 능력이 부족했지만 대신 머릿수는 많았다. 훈련받고 있는 새내기들의 숫자만 해도 삼천 명을 넘어섰다. 그리고 훈련을 담당하고 있는 교관들의 실력은 뛰어났다.

오기의 합류로 인해 황태자 진영에 순식간에 삼천 명이 넘는 머릿수가 확보됐다.

금군 천 명과 훈련받던 삼천 명의 병력이 속속 모여들었다. 사천 명에 달하는 병력이 대단한 위용을 드러내며 서 있었다.

슥!

몇 마디 말로 사천의 병력을 얻은 주수선이 이한열을 바라보았다.

끄덕!

이한열이 살짝 고개를 끄덕거리며 이제 됐다는 신호를 보냈다.

"지난 일은 잊겠다. 일어나라."

주수선이 석천보와 오기의 죄를 사하겠다고 선언했다.

"감사합니다."

"견마지로를 아끼지 않겠습니다."

오체투지를 풀고 일어선 선천보와 오기가 고개를 조아렸다.

"이들이 할 일을 말해."

주수선이 복잡한 문제를 이한열에게 떠넘겼다.

"석천보 천인장께서는 휘하의 금군들을 지휘하여 지형의 이점을 볼 수 있는 장소에서 매복해 있으셔야 합니다. 봉수대 주변의 높은 건물에 궁수들을 배치하여 활을 쏠 수 있도록 하십시오."

"방어입니까?"

"최단거리로 움직일 때 이곳으로 올 기마부대가 있습니다."

"어느 기마부대를 말씀하시는 겁니까?"

"황대목이 이끄는 기마부대입니다."

이한열은 황대목의 기마부대가 곧 당도할 것이라고 예상했다. 촌각이 급한 상황에서 기마부대가 움직일 경로는 최단경로일 가능성이 높았다.

동창의 정보로 볼 때 최단경로에는 삼 황자를 지지하는 자들이 많이 배치되어 있었다.

"음!"

석천보가 침음을 흘렸다.

북경 외곽을 지키는 황대목 장군의 기마부대는 용맹하기로 유명했다. 그리고 삼 황자의 모친인 덕양황비가 황궁무고에서 빼돌린 무공을 수련하여 엄청난 무위를 지니고 있었다.

"훈련부대의 도움과 함께 지형적인 이점을 살리면 충분히 막을 수 있습니다. 걱정하지 마십시오."

이한열은 자신감이 넘쳤다.

"설마 겁이 나서 빼는 거야?"

표정을 굳힌 주수선이 불쑥 물었다.

노기에 찬 그녀는 당장에 석천보를 작살낼 것처럼 사나웠다.

황녀를 본 석천보가 안절부절못했다.

"가서 휘하의 병력들을 배치시키십시오."

이한열이 난처한 석천보를 구해 줬다.

"명을 받듭니다."

이한열에게 고맙다는 시선을 보낸 석천보가 황급히 말한 뒤에 꽁무니를 뺐다.

"약해빠진 놈들은 마음에 안 들어."

"싸움을 앞에 두고 정신이 없는 겁니다. 양해를 해 주셔야 합니다."

이한열이 씩씩거리는 주수선을 다독거렸다.

'대단하구나.'

훈련대장 오기가 이한열을 묘한 눈빛으로 바라보았다.

고삐 풀린 망아지처럼 천방지축으로 소문난 주수선을 마음대로 요리하고 있는 이한열이었다. 독단적인 주수선이 이한열의 말에 귀를 기울이고 있었다.

"제 임무는 무엇입니까?"

"조금 전에 봉수대에서 벌어졌던 전투를 보셨겠지요? 오기 훈련대장께서는 부하들의 몸과 옷에 피를 묻히게 한 뒤에 부대를 둘로 나눠 치열하게 싸우는 시늉을 하면 됩니다. 그리고 군주 마마가 적들에게 달려들면 그때 반전하여 함께 공격하면 됩니다. 군주 마마와 천 명의 금군, 그리고 삼천의 훈련병이 함께 공격하면 무난하게 승리할 수 있습니다.”

“모의전투는 바로 저희 훈련부대가 전공입니다. 실감 나는 전투를 연출해내겠습니다.”

명을 받든 오기가 결연하게 외쳤다.

뒤로 물러난 그가 훈련생들과 훈련교두들을 두 부대로 나누기 시작했다. 그는 삼천 명이 넘는 훈련생들을 능숙하게 다뤘다.

바닥에 흥건하게 고인 핏물을 몸과 의복에 묻힌 훈련병들이 실감 나는 모의전투를 벌이기 시작했다.

“죽어라!”

“웃기는 소리! 오늘이 네놈의 제삿날이다.”

“병풍 뒤에서 향냄새 맡게 해 주마.”

“봉수대를 빼앗아라.”

“크아아악!”

“아아악! 어머니! 불효자는 먼저 갑니다.”

“누구냐? 누가 장난치면서 싸우고 있어? 죽고 싶지 않으면 제대로 해.”

“봉화를 올리지 못하게 막아라.”

“놈들이 올라오지 못하게 만들어!”

훈련부대에서 지속적으로 해 왔던 일이기에 실제 전투처럼 살벌한 분위기를 뿜어냈다. 실제로 부상자까지 발생하는 싸움이었다.

“저는 어떻게 할까요?”

어느 틈에 다가온 장충신이 물어왔다.

“황태자 전하께 봉화를 올려야 합니다.”

“무슨 봉화를 말씀하시는 겁니까?”

“독살을 하려고 하는 자가 있으니 경호에 각별한 주의를 기울이라고 전하십시오.”

“알겠습니다.”

장충신이 물러났다.

봉수대의 주변이 분주하게 움직였다.

화아악! 화아악!

봉수대에 불길이 일어났고, 하늘 높이 하얗고 검은 연기와 횃불들이 치솟아 올랐다. 멀리서도 볼 수 있을 약속된 신호가 황태자의 위험을 알리고 있었다.

“서로 다른 체계의 봉화가 올라가고 있으니 황대목이 봉수대의 위급을 더욱 심각하게 생각할 겁니다.”

이한열이 장충신의 봉화를 모민주 다음으로 올리게 한 것에는 다 이유가 있었다. 황대목을 더욱 철저하게 함정으로 끌어들이기 위함이었다.

“말 몇 마디로 사람들을 들었다 놨다 하는구나.”

주수선이 빠르고 경쾌하게 일 처리를 한 이한열을 평소

와 다른 대견하다는 시선으로 바라보았다.

때리기 용도였던 이한열이 남달라 보였다.

“적재적소에 필요한 사람들을 뒀을 뿐입니다. 나머지는 그들이 알아서 하는 것이지요.”

이한열이 대수롭지 않은 것이라는 듯 대꾸했다.

“이곳에서 조금만 기다리면 황대목이 온다고?”

“예.”

“그 새끼는 기필코 내 손으로 죽인다.”

예쁜 얼굴을 찡그러트린 주수선이 살기를 드러냈다.

“무슨 사연이라도?”

“내가 먹어야 할 영약을 그놈이 처먹었어.”

“…….”

이한열이 침묵했다.

“덕양황비가 내가 먹으려고 했던 천 년 금구의 내단을 빼돌려서 황대목에게 건네줬어. 그걸 내가 먹었어야 하는데, 빼앗겼잖아.”

주수선이 흥분한 얼굴로 소리쳤다.

대단한 이유라도 있는 줄 알았던 이한열은 힘이 쭉 빠졌다.

“그날 이후로 황대목은 나에게 찍혔어. 소화가 끝난 천 년 금구의 내단을 게워내게 하지는 못하겠지만 피를 토하게 만들어 줄 수는 있지."

주수선의 눈가에 서늘한 살기가 스치고 지나갔다.

이한열은 혼자서 열 내고 있는 주수선의 말에 구태여 대꾸할 필요를 느끼지 못했다.

'늪으로 빨려 들어가는 기분이네. 하지만 나쁘지 않아.'

이한열은 주수선이라는 늪에 점점 더 깊이 들어가고 있었다. 그걸 알면서도 그는 자발적으로 더욱 깊이 걸어서 기꺼이 들어섰다.

물 흐르듯 자연스럽게 그가 주수선에게 적응하고 있었다.

황녀 주수선에게 이한열이 맞추는 건 단순히 물질적인 배경 때문이 아니라 주수선의 말과 행동 등 모든 것을 마음 속 깊이 받아들이면서 즐겁게 다가서고 있기 때문이었다.

천방지축으로 겁 없이 날뛰는 주수선을 이한열은 신뢰했다.

"빨리 보고 싶네."

황대목을 기다리고 있는 주수선이 소녀처럼 잔뜩 들떠 있었다.

한시라도 빨리 주윤무에게 합류하려 했지만, 평소 손보기를 원하던 황대목을 박살 내고 가는 것도 나쁜 선택이 아니었다.

그가 그녀를 보면서 가만히 웃었다.

"왜 웃는데?"

"그냥 웃었습니다."

"싱거워."

"후후후!"

씨익!

즐거운 이한열이 주수선을 바라보면서 환하게 웃었는데 코에 주름이 생길 정도였다.

第三章
방패

"드디어 왔다."

황대목의 눈에 거대한 자금성의 북문이 보였다.

붉은 피로 가득 적신 갑옷을 걸치고 있는 그의 뒤로 이천 명의 기마병들이 따르고 있었다. 황대목이 선두에서 거치적거리는 무리를 가볍게 썰어 버리면서 자금성까지 최단시간에 도착했다.

승승장구하며 자금성으로 달려온 그의 뒤쪽으로 기마병이 천 명 더 늘어났다. 삼 황자를 지지하는 사람들이 황대목의 움직임과 함께 하고 있었다.

이들뿐만이 아니었다.

연락을 받은 삼 황자의 사람들이 자금성과 북경에서 움직이고 있었다.

그그긍! 그그긍!

닫혀 있던 거대한 북문이 활짝 열리기 시작했다.

"문을 열었습니다."

자금성을 지키고 있는 순변사 한명련이 황대목과 내통했다.

"이미 안쪽에서 움직이고 있습니다."

"으아악!"

"아악! 뒤쪽에서의 기습이다."

한명련이 이끄는 순변사의 병력이 곧바로 황궁의 북문의 총책임자인 도원수 장만의 부대를 공략했다.

"북문을 장악하라!"

황대목이 소리치면서 가장 먼저 안쪽으로 뛰어들었다.

서걱! 서걱!

휘두르는 그의 검에 팔목에 붉은 띠를 차지 않은 사람들이 썰려 나갔다.

"으아악!"

"크윽!"

북문을 수호하던 병력들이 추풍낙엽처럼 쓰러져 갔다.

"막아라. 기마병들을 자금성 안으로 들여보내서는 안 된다."

장만이 발버둥을 쳤지만 안팎에서 동시에 허를 찔렸다.

활짝 열린 문을 통해 황대목의 기마병들이 밀물처럼 밀려 들어왔고, 뒤쪽에서는 순변사의 병력들이 공격해 왔다. 앞뒤에서 협공을 당하는 처지였다.

"도망쳐야 해."

"개죽음일 뿐이야."

장만의 병력에 동요가 일어났다.

기마병들이 칼을 휘두르며 돌격하고 뒤쪽에서 순변사의 무리들이 들쑤시니 북문의 금군들은 제대로 싸우지도 못하고 흩어져 버렸다.

"잘하고 있군."

압도적으로 유리한 전황을 살피면서 황대목이 즐겁게 웃고 있었다.

기마병들은 황대목이 각별히 신경 쓰며 훈련시킨 병력이었다. 하나같이 검술과 기마술이 뛰어났고, 죽음을 무릅쓰고 돌격하는 용명한 자들이었다.

"이대로 끝인가?"

자금성의 북문을 지켜야 하는 장만은 당황했다.

필사적으로 부하들을 독려하여 방어하려고 했지만, 이미 걷잡을 수 없는 사태로 내몰렸다. 부하들은 대부분 항복하거나 도주했다.

"이곳에서 죽겠소? 아니면 항복하겠소?"

황대목이 장만의 목에 검을 들이댔다.

"항복하겠소이다."

장만이 허탈한 표정을 지으면서 손에 잡고 있던 검을 땅에 떨어뜨렸다.

"시기를 아는 자가 준걸이라고 했소. 얌전히 있으면 곧 자금성의 혼란이 잦아들고, 삼 황자께서 새로운 황제로 즉위할 것이오."

황대목이 의미심장하게 말했다.

"……."

장만이 아무 말도 하지 못하고 침묵했다.

황제의 직위를 무력으로 찬탈하겠다는 대역무도한 말이었다. 장만은 반역의 무리에게 북문을 빼앗겼으니 참으로 부끄러워서 할 말이 없었다.

"부하들은 살려 주시오."

"알겠소. 이제부터 북문은 우리가 맡겠소."

황대목의 지시에 의해 남아 있는 장만의 부하들을 생포하고 있던 순변사의 병력이 북문을 통제하기 시작했다. 이제부터 자금성의 북문은 삼 황자의 소유였다.

다른 황자들의 진입을 철저하게 막고 삼 황자를 지지하는 외부의 무리들만이 장악한 북문을 통해서 진입할 예정이었다.

"자금성 안이 혼란스럽습니다. 일 황자 병력의 대대적인 공격으로 인해 건천궁이 불길에 타버리면서 삼 황자께서 곤령궁으로 자리를 옮기셨습니다."

한명련이 다가와서 황대목에 보고했다.

황실의 막대한 재정을 들여 새롭게 신축한 건천궁의 소실은 뼈아픈 손실이었다. 삼 황자 측의 모든 병력의 움직임이 종국에 건천궁을 중심으로 짜여 있었기 때문이었다. 건천궁을 잃어버렸기 때문에 변화를 줘야만 했는데, 긴밀하고 유기적인 협조가 혼란스러운 상황에서 쉽지 않았다.

"삼 황자께서는 안전하신가?"

"예. 다행히 옥체는 무사하십니다."

"다행일세. 삼 황자님을 다음 대 황제로 옹립하기 위해서는 일 황자와 이 황자를 생포해야 하네. 그들은 지금 어디에 있는가?"

"옥새를 차지한 일 황자가 태화전에 있고, 이 황자는 어화원에서 세를 결집시키고 있습니다."

태화전은 자금성의 정전으로 가장 넓은 공간을 차지하고 있는 곳이며, 태화전 앞 광장에서는 황제 즉위식을 올린다. 문무관원들에게 차기 황제라는 사실을 공포하며 명분을 찾기 위해서는 태화전을 차지해야만 했다.

자금성의 마지막 건물인 곤녕궁을 나서면, 자금성에서 유일하게 나무가 있는 어화원이라 불리는 후원이 있다. 자금성의 다른 곳에는 자객의 침입을 막기 위해 나무가 심어져 있지 않다. 넓은 어화원이라면 수만의 병력이 운집할 공간이 넘쳤다.

"이 황자는 세가 가장 적으니 일 황자를 먼저 쳐야겠소. 일 황자를 정리하고 태화전을 장악한 뒤 문무관원들을 부리면 이 황자의 무리들은 수월하게 해결할 수 있소이다. 나는 태화전으로 갈 테니, 그대는 북문을 맡아 주시오."

황대목이 말했다.

명분과 정통성을 내세우는 일 황자가 가장 큰 문제였다.

일 황자가 태화전에서 황제 즉위식을 치르고 문무관원들을 부리면 막대한 병력을 동원할 수 있었다. 이미 사전에 일의 우선순위를 정해 뒀고, 그대로 황대목이 움직이려고 했다.

"알겠습니다."

한명련이 명을 받드는 순간이었다.

"저것은?"

황대목의 눈에 하늘 높이 솟구치는 연기들과 횃불이 보였다.

봉화를 바라보고 있는 황대목이 얼굴이 심상치 않게 변했다. 옆에서 함께 지켜보고 있던 한명련의 표정이 일그러졌다.

"봉수대를 지키고 있는 아군이 위험합니다."

"음! 봉수대는 지켜야 하오. 태화전으로 가는 길에 봉수대가 있으니 내가 아군을 도우러 가겠소."

"장군께서 가신다면 안심이옵니다."

한명련의 표정이 밝아졌다.

자금성의 풍운이 가라앉기 전까지 봉수대를 차지하고 있어야만 했다. 그래야 정보에서 우위를 가져 다른 황자들을 보다 쉽게 제압할 수 있었다.

봉수대를 잃어버리면 삼 황자 측의 군사적 역량이 크게 줄어들 것이다. 삼 황자를 차기 황제로 올리겠다는 야심한 계획이 물거품이 될 수도 있었다.

"봉수대로 향한다. 따르라!"

황대목이 말을 오르면서 외쳤다.

질서정연하게 서 있던 천 명의 기마병들이 황대목을 에워싸면서 질주했다.

두두두! 두두두!

두두두두! 두두두두!

자금성의 심처를 향해 황대목과 기마병들이 흙먼지를 일

으키면서 나아갔다.

"음!"

황대목의 입에서 침음이 새어 나왔다.

봉수대에서 하늘로 올라가는 봉화들이 기존에 약속된 것과 달랐다. 봉수대를 일 황자 진영이 일순간 탈환했다는 반증이었다.

"최대속도로!"

조바심이 커진 황대목이 질풍처럼 말을 몰아갔다.

그와 함께 질주하고 있는 기마병들의 속도가 덩달아 올랐다.

황대목이 기마병들을 이끌고 봉수대로 빠르게 나아갔다.

두두두! 두두두!

두두두! 두두두두!

지축을 울리는 말발굽 소리가 요란했다.

자금성에서 협조하는 사람들에 의해 봉수대까지 오는 길이 뻥 뚫려 있었다. 삼 황자를 지지하는 사람들이 자금성 안팎에서 커다란 힘을 발휘하였고, 속속 북문을 통해 입성하고 있었다.

"하하하! 이제 삼 황자께서 황제 폐하의 자리에만 오르면 된다."

황대목이 껄껄 웃으며 기뻐했다.

자금성으로 몰려오는 병력들은 삼 황자 무리가 가장 많았다. 봉수대를 장악하여 연판장에 서명한 사람들에게 빠르게 신호를 보냈기 때문이었다. 일 황자의 무리와 치열한 다툼을 벌이고 있었지만, 점차 삼 황자의 사람들이 자금성의 중요한 요충지를 장악해 나갔다.

"조심하십시오. 일이 잘 풀릴수록 더욱 세심한 주의를 기울여야 대사에 지장이 없을 것입니다."

부대장인 은자정이 조언했다.

"걱정하지 마라. 이제 자금성은 우리가 장악한 것이나 진배없다. 봉수대를 정리하고 난 뒤 곧바로 일 황자를 처리하면 모든 일은 끝난다."

황대목이 웃음을 지으면서 말했다.

자신만만해하는 황대목이 기마병들을 이끌고 봉수대가 보이는 곳까지 가까이 이르렀다.

"우와아악! 봉수대를 사수해라!"

"크아악! 일 황자 무리에게 빼앗기만 안 된다!"

"반역자들을 막아라!"

"죽이자!"

죽고 죽이는 치열한 다툼이 봉수대를 두고 벌어지고 있었다. 모민주는 갑옷이 찢어지고 머리카락이 산발한 채로 맹렬하게 싸웠다. 피로 목욕을 한 것처럼 보이는 모민주가 부하들을 이끌고 적들에게 검을 휘둘렀다. 사방에서 쇄도하는 적들에게 모민주와 부하들이 점차 밀리고 있었다.

"저기 모민주 장수가 있습니다."

"은자정 부대장! 대원들을 이끌고 적들을 완전히 포위한 다음 일격에 섬멸할 준비를 갖춰라."

황대목이 명했다.

"명을 받듭니다."

은자정이 기마병들을 이끌고 봉수대의 사방을 둥글게 포위했다.

두두두! 두두두!

천 마리의 말들이 활짝 펼쳐져서 포위하는 모습이 장관이었다. 부챗살처럼 쫙 퍼졌다가 원을 그리는 기마병들은 일사불란했다.

가파르고 높은 봉수대를 말들이 올라가기에는 불가능했다.

"하마해서 적들을 섬멸하라!"

은자정의 명령과 함께 기마병들이 일제히 말 위에서 내려섰다.

진영을 갖춘 황대목의 기마병들이 바깥에서 포위했지만, 적들은 모민주의 부하들과 싸우느라 미처 대처를 하지 못했다.

"황대목 장군께서 우리를 구원하러 와 주셨다."
모민주가 검을 높이 치켜들면서 외쳤다.
"와아아아! 황대목 장군님이 오셨다."
"우리는 승리한다."
모민주의 부하들이 사기를 드높였다.
슥!
황대목이 애검인 모산천검을 허리춤에서 빼들고 일제 공격을 명하려고 할 때였다.
"휘이이익! 공격!"
휘파람 소리와 함께 뾰족한 여인의 음성이 일대에 울렸다.
흑단처럼 검은 머리카락을 휘날리고 있는 여인이 봉수대에서 모습을 드러냈다. 그녀의 아름다운 봉목이 밤하늘의 별처럼 반짝거렸다.
"주수선!"
그녀를 알아본 황대목의 얼굴이 파랗게 질렸다.
휘이잇! 휘잇!
쐐애액! 쐐액!
봉수대에서 치열하게 싸우고 있던 사람들이 일제히 반전하였고, 시체로 널브러져 있던 사람들까지 되살아나 화살을 날렸다.
그뿐이 아니었다.

봉수대 사방에 위치한 높은 건물에 있던 금군들이 화살을 쏘아댔다.

사방팔방에서 쏟아지는 엄청난 양의 화살들이 황대목과 기마병을 향해 쇄도했다. 화살 빗속에 황대목과 부하들이 갇혔다.

"막아라!"

황대목이 검을 미친 듯이 휘둘렀다.

파파팟! 파파팟!

검풍이 요란하게 일어나면서 쇄도하는 화살들을 부러뜨리거나 다른 방향으로 날아가게 만들었다.

하지만 황대목 휘하의 기마병들 가운데 놀라운 실력을 발휘할 수 있는 사람들은 한정됐다.

"크아악!"

"아아악!"

온몸에 화살이 꽂혀 고슴도치처럼 변한 사람들이 속절없이 땅바닥에 쓰러졌다. 쉼 없이 쏟아지는 화살들에 기마병들이 계속 죽어 나갔다.

함정에 빠진 기마병들이 혼돈에 빠졌다.

"이대로 가면 다 죽는다. 적들의 틈으로 파고들어라. 그러면 화살로부터 안전해진다."

은자정이 필사적으로 혼란을 다스리려 하였지만 명령이

제대로 통하지 않았다.

기마병들은 일이 잘 풀릴 때 기만하고 민첩하게 움직였지만, 위기에 처하자 한계를 여실히 드러냈다. 항상 승리만 하고 위기대응을 경험하지 못한 기마병들의 단점이었다.

"내가 바로 금군 장수 석천보다! 반역자들이여! 목을 바쳐라!"

"네놈들을 속인 사람이 바로 나 훈련대장 오기다. 오늘이 바로 너희들의 제삿날이다."

석천보가 기마병들을 발로 걷어차서 쓰러뜨리고 검을 휘둘러서 죽였다. 오기가 한 자루 창을 찌르고 휘두르면서 마구 날뛰었다.

"죽어라."

"너희들은 내 칼 아래서 죽은 목숨이다."

사기충천한 금군과 훈련생들이 나는 듯이 기마병들을 향해 달려들었다.

"크아아악!"

은자정이 석천보의 검에 어깨를 베이면서 비명을 크게 내질렀다.

푸욱!

오기의 창이 그의 복부를 꿰뚫었다.

"이게 반역자의 최후다."

석천보가 검으로 은자정의 목을 잘랐다.

푸화확!

잘린 수급과 목에서 피가 분수처럼 솟구쳤다.

석천보와 오기가 기마병들을 지휘하는 은자정을 빠르게 처치했다.

"황대목, 이놈아! 오늘이 바로 네놈이 피를 토하며 죽는 날이다."

주수선이 소리치며 봉수대 위에서 뛰어올랐다.

휘익!

그녀가 한 마리 새처럼 날아 황대목을 향해 내리꽂혀 갔다.

"네년을 뼈째 갈아서 죽여주마."

황대목의 눈에서 흉흉한 살기가 충천했다.

함정에 빠져 부하들이 지리멸렬한 모습을 보이고 있었지만, 황대목은 크게 당황하지 않았다. 그가 이번 싸움에서 살아남는다면 삼 황자 지지자들의 병력을 끌어모아 다시금 힘을 낼 수 있었기 때문이었다.

콰아아아! 콰아아아!

주수선이 좌수와 우수를 후려갈겼다.

벽혈장의 파란 한기와 적염장의 붉은 화염이 황대목을 덮쳐갔다.

쇄도하는 공격을 보면서 황대목이 단전에서 진기를 듬뿍 끌어올렸다. 천 년 금구를 비롯하여 많은 영약을 먹은 그의 단전에는 삼백 년이 넘는 진기가 축적되어 있었다.

그가 평생 동안 수련한 친룡대천검법을 시전했다.

콰아아아! 콰아아아!

모산천검에서 뿜어진 검기들이 허공을 난도질하면서 쇄도하던 벽혈장과 적염장의 기운을 소멸시켰다. 그러고도 힘이 남은 검기들이 주수선을 향해 나아갔다.

"방패!"

주수선이 소리쳤다.

"방패 갑니다."

쾌속신체를 발휘한 이한열이 주수선의 앞에서 불쑥 솟구쳤다. 그가 두 팔로 상반신을 막고, 두 다리를 오므려서 하반신을 막았다.

퍼퍼퍽! 퍼퍼퍽!

요란한 소리와 함께 검기들이 이한열의 전신을 두들겼다.

스스스! 스스스!

찢어진 옷자락들이 바람을 타고 허공에서 너울거렸다.

"무모한 놈! 검기에 그대로 달려들다니……."

이한열이 죽었다고 생각한 황대목은 말을 꿀꺽 삼켜야만 했다.

잘려나간 옷자락 사이로 탄탄한 육체를 드러낸 이한열은 피 한 방울 흘리지 않았다. 예리한 검기에 적중되고도 아무런 피해를 입지 않았다.

"맨몸으로 검기를 견뎌 내?"

믿을 수 없는 광경에 황대목의 눈이 휘둥그레졌다.

바위도 종이처럼 가볍게 잘라낼 수 있는 그의 검기였다.

그런 검기가 이한열의 피부에 아무런 상처도 주지 못하고 사라졌다.

"목을 길게 늘어뜨려라!"

주수선이 좌우 쌍장을 마구 내갈겼다.

콰아아! 콰아아아!

폭포수 같은 장력이 그녀의 양손에서 쏟아졌다.

허공 가득 장영들이 난무하였다. 작렬하게 되면 황대영을 짓뭉갤 정도로 장영 하나하나에 패도적인 힘이 가득 실려 있었다. 무시무시한 기세로 난무하는 장영들이 황대영을 들이박으려고 날뛰었다.

"천룡번천검!"

황대영이 천룡대천검법 제 이 초식을 펼쳤다.

콰아아! 콰아아!

장영들을 꿰뚫으면서 한 마리 용이 모습을 드러냈다. 꿈틀거리는 용이 장영들을 짓뭉개 버리면서 강력한 기세를 사방으로 마구 뿌렸다.

용은 유형화된 강기였다.

깨달음을 원천으로 한 순수한 강기가 천룡대천검법의 초식을 바탕으로 용을 만들어냈다. 초식을 통해 만들어진 용이지만 그 위력이 결코 약하지 않았다.

스윽!

장영들이 강기의 용 앞에서 눈 녹듯이 사라지자 이한열이 불쑥 몸을 들이밀었다.

용이 이한열을 들이박았다.

콰아앙!

폭음이 터지면서 이한열은 아주 기분 나쁜 불쾌함을 느꼈다.

"으윽!"

비명을 지른 이한열이 멀리 나가떨어졌다.

주르륵! 주르륵!

단단하게 방어를 한 두 팔에서 핏물이 뚝뚝 떨어지고 있었다. 강력한 강기의 위력이 혈혼피를 뚫고 이한열에게 부상을 입혔다.

"외공으로 강기까지 막을 줄이야……."

황대목이 황당한 표정을 지었다.

"호호호! 나의 방패인 이한열은 외공이 상당한 자야. 방패를 뚫기 전에는 결코 나에게 피해를 줄 수 없어.”

주수선이 웃으며 장을 내갈겼다.

콰아아! 콰아아!

황대목의 빈틈을 노린 장영들이 번개처럼 내리꽂혔다.

퍼엉! 펑!

황대목의 전신에서 폭음이 터졌다.

벽력장 장영이 작렬한 곳에서 불길이 솟구쳤고, 빙백장 장영이 꽂힌 부위에서 서리가 끼었다.

“크윽!”

황대목의 입에서 신음이 새어 나왔다.

휘익!

이한열이 몸을 추스르면서 빠르게 주수선의 옆으로 움직였다.

스팟!

황대목의 눈에서 독기가 흘렀다.

꾹!

입술을 질끈 깨문 그가 이대로 시간이 지나면 승산이 없다는 사실을 깨달았다. 모든 공격이 이한열의 몸뚱이에 막혀 버렸다.

방패 역할을 하는 이한열부터 쓰러뜨려야만 했다.

‘생이 단축되어도 기필코 이 자리에서 저 연놈을 죽인다.’

황대목은 결심과 함께 생의 원천인 선천진기를 애검 모산천검에 주입하기 시작했다.

우우우웅! 우우우웅!

모산천검이 울음을 터트렸다. 검신에 새겨진 해가 이글이글 불타올랐고, 달이 음산한 기운을 흘렸다. 불길한 기운을 마구 뿌리는 모산천검이었다.

콰아아! 콰아아아!

황대목의 전신에서 막강한 경기가 뿜어지면서 주변 공기를 뒤흔들었다.

"네놈의 몸뚱이가 얼마나 단단한지 보자."

황대목이 사납게 검을 휘둘렀다.

휘이잇!

검첨에서 일어난 강기가 빠르게 이한열을 향해 쇄도했다.

"설마?"

이한열은 다가오고 있는 강기가 조금 전 몸으로 막았던 강기와 질적으로 다르다는 사실을 깨달았다. 전자가 혼탁하고 조잡한 강기였다면 후자는 무척이나 순수하고 투명했다.

이한열은 다가오는 강기를 맨몸으로 막아서면 곤란하다는 걸 직감했다. 피해야 했지만 그의 등 뒤에는 주수선이 버티고 있었다.

"막는다."

이한열이 잔뜩 긴장하면서 전신의 모든 힘을 끌어올렸다.

콰아아앙!

폭음과 함께 이한열이 술 취한 것처럼 뒤로 휘청휘청 물러났다.

"쿨럭!"

그의 입에서 붉은 핏덩어리가 왈칵 튀어나왔다.

강기가 그의 왼쪽 옆구리를 꿰뚫으면서 난도질을 해놓았다.

"단단한 몸뚱이지만 강기 앞에서는 무용지물이지."

황대목이 흉흉한 안광을 뿌렸다.

"웃기는 소리! 내 방패에게 강기 따위는 아무것도 아니야."

주수선이 눈썹을 꿈틀거리며 외쳤다.

"저 꼴을 보면서 말해라."

황대목이 턱으로 이한열을 가리켰다.

옆구리에서 붉을 피를 철철 흘리고 있는 이한열의 안색이 창백했다. 커다란 상처를 입은 이한열이 휘청거리면서 금방이라도 쓰러질 것처럼 보였다.

"막을 수 있지?"

주수선이 이한열을 보며 다그쳤다.

"물론입니다. 제가 있는 한 군주 마마의 털끝 하나도 건드릴 수 없습니다."

이한열이 휘청거리면서 주수선의 앞으로 다가왔다.

툭! 뚝!

걸을 때마다 땅바닥에 붉은 핏물의 흔적이 새겨졌다.

핏자국을 남긴 이한열이 주수선의 앞에 우뚝 섰다.

"지금이라도 물러나라. 그러면 선처를 해 주겠다."

이한열의 배신하는 모습을 오만한 주수선에게 보여 주고 싶은 황대목이 비릿한 웃음을 지으며 말했다.

'믿고 있던 부하의 배신에 절망하는 주수선을 죽인 다음에 네놈도 처참하게 썰어버릴 것이다.'

황대목의 속내가 흉흉했다.

"퉤! 미친놈! 시궁창 냄새나는 입 닥쳐라."

이한열이 입에 고인 핏물을 황대목을 향해 뱉었다.

휘익!

핏물이 황대목의 얼굴을 향해 똑바로 날아갔다.

스윽!

황대목은 목을 꺾어 핏물에 맞지 않았다.

"죽일 놈! 비참하게 죽여주마."

황대목이 폭갈을 내지르면서 모산천검을 휘둘렀다.

고오오오오! 고오오오오!

모산천검에서 튀어나온 검강이 강렬한 빛을 토해 냈다.

빛과 함께 검강이 이한열의 몸에 작렬했다.

퍼억!

시퍼런 기운이 이한열의 복부를 강타했다.

예리한 검강은 혈혼피를 뚫고 들어와서 충격을 입힐 정도로 강렬했다. 검강에 농축되어 있는 막강한 위력이 내장을 으스러뜨렸다.

"커억!"

내상을 입은 이한열의 입에서 붉은 피가 왈칵 튀어나왔다. 이를 악물고 버티려고 했지만 상처 입은 뱃속에서 핏물이 지속적으로 흘러나왔다.

부르르! 부르르!

입술을 깨물면서 버티고 있었지만, 이한열의 몸이 덜덜 떨리기 시작했다.

이한열은 사력을 다했다.

근육과 뼈에 깃들어 있는 외문의 힘을 극성으로 쥐어짜냈고, 배교의 외가비망의 능력을 닥치는 대로 끌어냈다.

우우웅! 우우웅!

숙주의 절체절명의 상황을 깨달은 천인혈골과 혈혼피가 강렬한 울음과 함께 힘을 폭출시켰다.

"다 죽여주마."

황대목의 눈에서 시퍼런 살기가 줄기줄기 흘러나왔다.

극성으로 단전의 진기를 끌어올리고 있는 그에게서 구름 같은 기세가 뿜어졌다. 손에 들려 있는 검에서는 검강이 이글이글 불타올랐다.

"몸으로 버텨. 미안하지만……."

주수선이 지시했다.

그녀의 음성에는 안타까워하는 기색이 역력했다.

"괜찮습니다. 버틸 수 있습니다."

소맷자락으로 입가의 핏물을 훔친 이한열이 고개를 빳빳하게 치켜 올렸다.

검강에 계속 맞으면 몸의 이상은 고사하고 목숨까지 잃어버릴 수 있었다.

스팟!

그의 눈에서 독기가 흘렀다.

"역적인 저놈을 죽이기 전에 제가 먼저 죽는 일을 없습니다."

이한열이 강하게 의지를 드러냈다.

스으으! 스으으!

그의 피부가 붉어지면서 투명해지기 시작했다.

우그그! 우그그구!

혈혼피가 약해진 이한열을 잡아먹기 시작했다. 이한열의 피부가 점차 탄력을 잃어버리고 늘어져 갔다. 그런 모습을 본 주수선이 침통한 표정을 지으며 발을 동동 굴렀다.

"갑니다."

이한열이 소리치면서 황대목을 향해 몸을 날렸다.

휘익!

땅을 박찬 그가 한 마리 제비처럼 경쾌하게 나아갔다.

"천룡대천강비!"

황대목이 강맹하기로 유명한 천룡대천검법 제 사 초식을 시전했다.

콰아아! 콰아아!

땅으로 떨어지는 유성비와 같았다.

이한열을 향해 강기들이 비처럼 쏟아져 내렸고, 강기 내리는 밤하늘 위로 폭음과 함께 흙먼지가 구름처럼 피어올랐다.

콰아앙! 콰아앙!

쾅! 콰쾅! 콰콰쾅!

이한열의 어깨가 으스러졌다.

"버틴다."

이한열이 악에 받친 외침을 토하면서 쏟아지는 강기를 몸으로 맞으며 질주했다. 그러나 비처럼 쏟아지는 강기는 육체와 혈혼피의 한계를 뛰어넘었다.

그의 등 뒤로 주수선이 안전하게 황대목을 향해 다가서고 있었다.

"크크크! 부하의 몸을 희생시켜 달려오다니 참으로 악독한 년이로다."

황대목이 이죽거렸다.

휘청!

일순간 주수선이 쓰러질 것처럼 흔들렸다.

천방지축인 그녀이지만 실제로 마음이 순수하고 여렸다.

"적의 도발의 말려들지 마십시오. 저는 괜찮습니다. 대신 역적을 꼭 박살 내 주십시오."

이한열이 흔들리는 주수선을 다독거렸다.

"나만 믿어. 박살 내는 건 내 전공이야. 저놈의 머리통을 곤죽으로 만들어 줄게."

휘익!

주수선이 이한열의 위로 치솟아 오르면서 그대로 양장을 내갈겼다. 교차하는 양손에서 뭉게구름처럼 장영이 피어올랐다.

콰앙! 쾅!

폭음이 연달아서 터졌다.

"크윽! 빌어먹을 년! 오늘 너를 죽이지 않으면 내가 사람이 아니다."

고통스러운 신음을 흘린 황대목이 흉흉한 살기를 줄기줄기 뿜어냈다.

주르륵! 주르륵!

황대목의 가슴과 허벅지 등에서 붉은 핏물이 흘러나왔다. 하지만 찢어진 상처는 심각하지 않고 생채기 수준에 불과했다.

공격을 성공시켰지만 주수선의 표정이 어두워졌다.

만상신공을 극성으로 일으키고 있는 황대목의 몸에 호신기막이 펼쳐져 있었다. 호신기막은 호신강기에 비해서는 그 위력이 떨어진다. 호신강기가 강기의 일종인 반면 호신기막은 기강의 일종이었다. 그렇지만 호신기막도 주수선의 공격을 상당히 약화시킬 수 있었다.

"죽인다."

황대목이 검결지를 지은 왼손으로 검신을 쓸더니 이내 주수선을 가리켰다.

第四章

마병과 요검

우우웅! 우우웅!

황대목의 검이 웅장하면서도 강렬한 울음을 토하기 시작했다. 검에 무지막지한 진기가 축적되면서 점차 그 울음소리가 커졌다. 진기가 가득 담긴 검이 점차 황대목의 손에서 벗어났다.

스르륵!

검이 허공에 둥실 떠올랐다.

심상치 않은 광경을 목격한 이한열이 주수선의 앞을 철저하게 막아섰다.

"이기어검이야."

"네?"

"황대목이 수어검의 단계에 이르렀어."

주수선의 눈이 흔들렸다.

놀랍게도 황대목이 이기어검의 단계에 올라 있었다.

이기어검은 검수라면 누구나 올라서기를 꿈꾸는 지고무상한 경지이다. 이기어검은 삼 단계가 있다고 하는데, 손으로 검을 제어하는 수어검, 눈으로 검을 제어하는 목어검, 마음으로 검을 제어하는 심어검으로 나뉜다.

"천리대천검!"

황대목이 이기어검을 펼쳤다.

슥!

잔뜩 분노한 그의 흉흉한 손길이 주수선을 정확하게 가리켰다.

후아아아앙! 후아아아앙!

공기를 꿰뚫는 무시무시한 소리와 함께 검이 엄청난 속도로 쇄도했다.

"나를 넘어서기 전에 군주 마마의 털끝도 건드릴 수 없다."

이한열이 쇄도하는 검에 그대로 몸을 날렸다.

퍼억!

모산천검이 그대로 이한열의 복부를 꿰뚫고 들어왔다.

"크허헉!"

이한열의 무릎이 땅바닥으로 거칠게 떨어졌다.

그는 뜨거운 칼이 온몸을 난도질하는 끔찍한 고통을 견디내며 쓰러지지 않으려고 노력했다.

"쿨럭!"

그의 입에서 엄청난 양의 검은 울혈이 튀어나왔다.

수어검에 담긴 막대한 경력이 내장을 온통 난도질했기 때문에 발생한 울혈이었다.

"돌아와라."

황대목이 모산천검을 되돌리기 위해서 손을 휘저었다.

휘리릭!

모산천검이 뱃속에서 회전을 일으키면서 원래의 주인에게 돌아가려고 했다.

척!

이한열이 양손으로 모산천검의 손잡이를 움켜잡았다.

"들어올 때는 네 마음대로였지만 갈 때는 내 허락을 받아야 한다."

이한열이 이를 악물면서 모산천검의 이탈을 허락하지 않았다.

우우웅! 우우웅!

모산천검이 마구 꿈틀거리면서 이한열의 손에서 벗어나

려고 발버둥 쳤다. 모산천검에는 해와 달이 아홉 개씩 그려져 있었는데, 그것은 마치 눈처럼 번뜩거렸다.

'요검이다.'

이한열은 모산천검의 진실한 본성에 대해서 알아차렸다.

모산천검은 주술로 유명한 모산파의 기물로 황궁보고에서 먼지에 뒤집어쓴 채 지내고 있었다. 그런 모산천검을 덕양황비 황하진이 황대목에게 건네준 것이었다.

모산천검은 요검으로 주인의 힘을 한 단계 이상 올려 줄 수 있는 능력을 지녔다. 힘을 상승시켜 주기 위해서 주인의 선천진기를 사용한다. 결국 모산천검의 능력을 사용하면 주인의 생명이 줄어들게 된다.

"이런……."

황대목이 당혹스러운 표정을 지었다.

실전에서 처음으로 펼친 수어검이었는데 애검인 모산천검이 다시금 그의 수중으로 돌아오지 않는 황당한 사태가 벌어졌다.

"지금입니다. 약해진 놈을 처치하십시오."

이한열이 부르짖었다.

검사가 검을 잃어버리는 본신능력이 크게 약화된다. 게다가 모산천검을 이용하여 선천진기까지 사용했던 황대목은 더욱 약해졌다.

"박살 날 준비가 되어 있어?"

주수선이 황대목에게 다가섰다.

황대목이 이를 악물고 단전에서 진기를 끌어모았다.

우우웅! 우우웅!

벌떼우는 소리와 함께 황대목에게서 강한 기세가 표출됐다.

그러나 그 기세를 접한 주수선의 얼굴에 환한 미소가 피어났다.

"많이 약해졌네."

조금 전까지 매 순간 강해지던 황대목의 기세가 달라졌다. 황대목의 전신에 흐르던 묵직하고 날카로우면서 무서운 기세가 희미해졌다.

"황대목은 모산천검의 능력을 빌렸을 뿐입니다. 그의 강렬함은 본신의 능력이 아닌 가짜였습니다."

이한열이 외쳤다.

콰릉! 콰릉!

쩌저적! 쩌저적!

벽력장을 일으킨 주수선의 좌수가 새하얗게 타오르면서 뇌전을 떨어뜨렸고, 빙백장을 운용한 그녀의 우수가 새하얗게 얼어붙으면서 빙전을 번쩍였다.

"대천용화수미!"

황대목이 최강의 수비식을 펼치며 몸을 보호했다.

파파팟! 파파팟!

그의 우수가 허공에 수많은 꽃잎들을 뿌렸다.

꽃잎들이 하나의 거대한 연꽃이 되어 황대목을 보호하였다.

쿠콰쾅! 콰콰쾅!

벽력장의 뇌전과 빙백장의 빙전이 꽃잎들을 꿰뚫고 황대목의 몸을 강타했다.

"크아아악!"

황대목이 몸이 십여 장을 훌훌 날아가 땅바닥에 거칠게 떨어졌다. 몸의 왼쪽이 뇌전에 의해서 새까맣게 타버렸고, 몸의 오른쪽이 빙전에 의해서 얼음으로 뒤덮였다.

모산천검을 잃어버린 그는 능력이 떨어졌기에 호신기막을 펼치지 못했다. 그로 인해 주수선의 공격이 황대목에게 큰 부상을 입혔다.

"크으윽! 쓰러질 수 없다."

황대목은 입에서 피를 뿜어내며 가까스로 일어섰다.

휘익!

몸을 일으켰다 싶은 순간, 황대목이 주수선을 향해 벼락처럼 달려들었다. 전력을 다한 그의 손끝에 수기가 뾰족하게 솟아나와 있었다.

"다행이야. 너무 쉽게 쓰러지면 재미없지."

몸을 부드럽게 돌린 주수선이 어느새 왼쪽으로 이동하였다.

"이…… 이런……."

황대목이 허공에서 황급히 방향을 바꾸려고 하였다.

갑작스럽게 방향을 전환는 것이 쉽지 않았지만, 그는 필사적으로 주수선에게 몸을 돌렸다.

"아주 좋은 각도야."

주수선이 황대목의 어깨를 향해 장력을 번갈아가며 쳐냈다.

우지끈!

와그작!

뼈 부러지는 소리가 연달아서 울렸다.

어깨가 박살 나서 양쪽 팔이 축 늘어진 황대목이 충격과 함께 뒤로 날아가고 있었다.

"크아아악!"

처절한 비명을 내지르고 있는 그의 입과 어깨에서 붉은 핏물이 분수처럼 솟구쳤다. 핏줄기가 바닥을 붉게 적셨다.

"크흐흑! 내 팔……."

땅바닥에 쓰러진 황대목이 팔을 짚고 일어서려고 했지만, 흐느적거리는 팔은 제대로 움직이지 않았다.

"내가 피를 토하게 해 준다고 했지?"

주수선이 땅바닥에 널브러져 있는 황대목의 다리를 후려갈겼다.

콰자작!

와지끈!

양다리가 그대로 부러졌다.

박살 난 다리에서 허연 뼈가 흉물스럽게 밖으로 튀어나왔다.

"크아악! 난 덕양황비의 오라비이다. 이런 대우를 받을 사람이 아니야!"

사지가 박살 난 가운데 황대목이 길길이 소리쳤다.

그는 신분을 내세워서라도 살아남고자 했다.

"반란을 일으켜놓고 무슨 헛소리야? 지옥에 가 있으면 덕양황비를 비롯한 일가친척들이 뒤따라갈 테니까 자리 잡고 기다려."

주수선이 황대목을 내려다보며 비웃었다.

주수선은 반란에 가담한 이 황자와 삼 황자의 무리들을 방치할 생각이 눈곱만치도 없었다.

한눈에 봐도 주수선의 말이 허언이 아니라는 사실을 알아차린 황대목은 가슴이 철렁했다. 황대목은 삼 황자가 황제에 오르면 다른 자들을 모두 쓸어버릴 생각이었다.

반란에 실패한 이상 이제 황대목 일가에게 남은 건 멸족 뿐이었다.

"……."

비참한 현실을 깨달은 황대목이 멍하니 주수선을 쳐다보았다.

'무슨 영화를 누리겠다고 황제의 자리를 탐한 것인가?'

죽음을 앞두고서야 황대목이 부질없던 탐욕을 탓했다.

"천라구첩장을 펼쳐줄게. 사람을 패는 데 있어 참으로 좋은 장법이야."

주수선이 한 번도 선보이지 않았던 천라구첩장을 펼쳤다.

파파팟! 파파팟!

가려린 섬섬옥수의 장영이 하나 피어올라 황대목을 때렸다.

부웅!

황대목이 허공으로 떠올랐다.

팔방에서 쏟아지는 장영들이 황대목을 종횡으로 두들겼다.

파파파팍! 바바바빡!

쇄도하는 장영 속에서 황대목의 정신이 희미해져 갔다.

빠가가각!

머리를 빠개는 고통과 함께 황대목의 시야가 깜깜해졌다.

천라구첩장의 마지막 일장이 황대목의 머리를 그대로 박살 내버렸다.

파아아앗! 파아아앗!

황대목의 몸에서 튀어나온 붉은 피가 허공을 붉게 수놓았다.

주수선이 자신이 만든 작품을 잠시 감상하였다.

슥!

고개를 돌린 그녀가 이한열을 걱정스럽게 바라보며 물었다.

"괜찮아?"

피부가 쭈글쭈글해진 이한열은 누가 봐도 멀쩡해 보이지 않았다.

"괜찮아질 방도를 찾았습니다."

"무슨 방법인데?"

"모산천검을 이용하면 됩니다."

이한열이 눈빛을 빛냈다.

모산천검은 선천진기를 흡수하면서 자라는 역천의 요검이었다. 모산천검은 고루마검이라는 다른 이름도 가지고 있었다. 주인의 선천진기를 흡수하여 뼈다귀만 남겨놓기 때문이었다.

주수선이 황대목을 쓰러뜨릴 동안 이한열은 배를 뚫고 등 뒤로 삐죽 검첨을 내밀은 모산천검에 대해서 파악하였다.

이한열이 영성을 지닌 천인혈골과 혈혼피의 작은 기운을 모산천검에 슬며시 주입하였다. 마구잡이로 날뛰던 천인혈골과 혈혼피가 모산천검의 선천진기와 역천진기를 잡아먹으면서 잠잠해져 갔다.

모산천검은 천인혈골과 혈혼피에게 영약이나 다름없는 요검이었다. 모산천검의 기운을 송두리째 흡수하게 되면 천인혈골과 혈혼피의 마성은 더욱 영험해진다.

선천진기가 크게 흔들린 이한열이 모산천검을 제물로 삼아 다시금 회복될 가능성을 찾아냈다. 하지만 단순히 가능성을 찾은 것이기에 확신을 할 수는 없었다.

이한열은 천인혈골과 혈혼피의 난리를 잠재우는 동시에 모산천검의 선천진기를 흡수해야만 했다. 동시에 두 가지를 행해야 하는 어려운 일로, 잘못될 경우 이한열이 천인혈골과 혈혼피에 잡아먹힐 수도 있었다.

"빨리해. 쭈글쭈글해진 네 얼굴 보기 싫어."

어렵고 위험한 일이라는 걸 모르는 주수선이 재촉했다.

"호법을 부탁드립니다."

"다가오는 놈 있으면 모조리 박살 내줄게."

주수선의 주먹 쥐고 흔드는 모습을 보면서 이한열이 눈을 감았다.

스르륵!

반개한 그가 사납게 날뛰면서 온몸을 황폐화시키는 천인혈골과 혈혼피의 본질를 느끼려고 노력했다. 그동안 많은 연구를 했기에 금방 사악하고 끈적끈적한 두 마병의 기운을 잡아냈다.

지독한 악의가 느껴지는 마병들이었다.

마병들의 숙주인 이한열도 악의로부터 자유롭지 못했다. 날뛰는 두 마병들로 인해 선천진기가 서서히 줄어들고 있었다.

"큭!"

침음을 흘린 이한열의 몸이 앞뒤로 거칠게 흔들렸다.

이한열이 마병의 본질을 관조하며 살피자, 마병도 이한열의 심연을 눈치채고 장악하기 시작했다.

'크으윽! 정신을 흐트러뜨릴 정도로 엄청난 악기다.'

마병들로부터 악기들이 밀물처럼 밀려오면서 이한열은 엄청난 고통에 시달렸다. 셀 수 없이 많은 불개미들이 몸과 마음을 물어뜯고 있는 것만 같았다.

'천인혈골과 혈혼피는 사람의 생명을 바탕으로 탄생한

악신의 법보이다. 배교가 숭상하는 신의 기운이 마병에 휘몰아치고 있어.'

이한열은 마병에 숨어 있는 악신의 기운을 알아차렸다.

불을 신성시하는 배화교는 서역에서 전해져 온 이단의 종교단체이다. 서역의 신을 숭배하는 배화교는 자신들을 현교라고 칭했다. 포교활동을 하던 배화교는 이질적인 교리 때문에 세상으로부터 엄청난 핍박을 받았다.

핍박에서 벗어나기 위해 배화교는 악신의 힘을 이용하였다. 그래서 탄생한 것이 바로 천인혈골과 혈혼피와 같은 마병들이었다.

'천인혈골과 혈혼피는 호교법보이다. 배화교를 지키기 위해서 선천진기를 빨아먹으면서 성장하고 있어. 하지만 악신의 기운이 흐르고 있다는 사실이 문제이다. 마병의 악기에 물들면 마인이 되고 만다.'

이한열은 마병들의 병폐에 대해서 알아차렸다.

숨어 있던 악신의 존재를 알아차린 순간, 마병들이 이한열을 마인으로 만들기 위해 날뛰었다.

'이거 왜 이래? 나 과거에 급제한 진사야. 서역에 신이 있다면 중원에도 신들이 계시다.'

이한열은 과거를 준비하면서 수많은 책들을 접했다.

무위자연을 주장하는 도가의 수많은 경전과 불교의 불경

들의 고귀한 가르침들이 이한열의 정신을 보호했다. 외문 무공을 통해 단련된 기운이 악기로부터 몸을 보호했다.

마병들을 물리치지는 못했지만, 책들을 통해 고양한 정신을 가진 이한열은 꿋꿋하게 버텨나갔다. 학사인 그는 생판 모르는 악신에게 정신을 빼앗길 정도로 호락호락하지 않았다.

'외가비망의 주술 섞인 무공들이 바로 신의 기운을 이용한 것이구나.'

이한열이 외가비망의 본질에 대해서 파악해냈다.

배교의 주술들은 하나같이 서역의 신을 추종하는 걸 근간으로 하였다.

외가비망을 익혔기에 마병들이 이한열을 숙주로 편안하게 받아들였다. 안락한 숙주 안에서 마병들이 기생하며 점점 힘을 키워나갔다.

이한열의 이해력과 정신력은 결코 낮지 않았다.

'모산천검과 싸워라.'

이한열이 마병들의 악기를 모산천검으로 돌렸다.

부르르! 부르르!

모산천검이 덜덜 흔들렸다.

악기가 스며들자 모산천검의 검신에 새겨진 해와 달이 밝게 빛났다가 흐릿해지기를 반복했다. 영성을 지닌 모산천검이 사력을 다해 천인혈골과 혈혼피의 악기에 대항하였다. 역천진기와 역천진기가 부딪쳤고, 선천진기와 악기들이 격렬하게 뒤엉켰다.

'이것이 바로 어부지리로구나.'

이한열이 기운들 가운데 모산천검의 선천진기만을 흡수하기 시작했다.

모산천검과 두 마병 사이의 팽팽하던 대결이 이한열의 개입으로 인해 무너졌다. 선천진기를 잃어버리고 있는 모산천검이 미친 듯이 흔들렸다. 선천진기를 빼앗기자 모산천검이 천천히 두 마병에게 밀렸다.

끼아아아아악!

모산천검에서 비명에 가까운 쇳소리가 울렸다.

그건 영성을 지닌 모산천검의 울부짖음이었다.

모산천검이 덜거덕거리며 이한열에게서 빠져나가려고 날뛰었다.

그그극! 그그극!

꾸우욱! 꾸욱!

천인혈골의 사주를 받은 신경과 근육들이 모산천검을 꽉 동여맸고, 혈혼피의 사주를 받은 붉은 피부가 검신을 단단히 움켜잡았다.

이한열의 두 손도 여전히 모산천검의 손잡이를 움켜쥐고

있었다.

이한열과 두 마병이 합동으로 공격하자 모산천검은 버틸 재간이 없었다. 모산천검이 빠져나갈 길은 어디도 보이지 않았다.

포기를 했는지, 모산천검이 떨림을 멈췄다.

그때였다.

[살려 주세요.]

영통을 타고 모산천검의 뜻이 이한열에게로 흘러들어왔다. 말이 아니라 뜻이었다. 전혀 모르는 생소한 언어지만 그는 이해했다.

이한열은 모산천검이 굴복했다는 사실을 알아차렸다.

하지만 그건 진정한 굴복이 아니라 위급한 처지에 살고자 하는 애원일 뿐이었다.

스으으! 스으으!

이한열이 모산천검에 축적되어 있는 선천진기를 듬뿍 흡수하였다.

스르르! 스르르!

축 늘어져 있던 피부가 탄력적으로 되돌아왔고, 팔자주름이 만들어졌던 입술 주변도 팽팽해졌다. 이마에 잔뜩 파여 있던 고랑도 사라졌다.

스팟!

썩은 동태눈처럼 흐릿하던 눈빛에 다시금 생기가 넘쳐흘렀다.

이한열이 종전보다 더욱 건강한 육체와 정신을 되찾았다.

천인혈골과 혈혼피가 모산천검의 기운을 탐욕스럽게 잡아먹었다. 두 마병의 악한 기운이 점점 커져 나가는 순간이었다.

쉬쉬쉬! 쉬쉬쉬!

천인혈골에서 거미줄처럼 가느다란 기운들이 무수히 튀어나왔다. 그것들은 그물망처럼 퍼지면서 근육과 뼈, 오장육부 등에 연결됐다.

우우웅! 우우웅!

천인혈골이 울부짖었다.

이한열의 육체와 매끄럽게 연결된 그물망들이 황금빛으로 밝게 빛났다.

천인혈골은 영성을 지닌 마병으로 배교의 물건들 가운데 가장 높은 등급, 즉 뇌에 해당됐다. 혈혼피는 피부였고, 외가비망은 근육과 뼈인 근간을 다루는 힘이다.

배교의 마병들은 인체인 셈이다.

뇌인 천인혈골은 마병들을 조율하고 또 그 힘을 최고로 끌어올린다. 마병들이 연결될 때마다 천인혈골의 힘이 강성해진다.

배교 마병들에는 육체의 주인이 부상당했을 때 통증 신호를 완화해 주기도 한다. 동시에 부상을 빠르게 회복시킨다.

이런 효능으로 인해 배교의 무인들은 죽어가는 치명상을 입은 상태에서도 최고의 힘을 발휘한다.

배교의 비밀스러운 부분이 이한열에게 살며시 그 문을 열어 줬다. 하지만 아직까지 은막에 가려진 부분이 더욱 많았다.

[주인님으로 모실게요. 살려 주세요.]

모산천검이 간절하게 애원했다.

'주인을 잡아먹는 마물을 살려 줄 필요가 있을까?'

이한열이 뜻을 전했다.

구태여 말로 하지 않아도 몸을 통해 영통이 연결되어 있었기 때문에 문제가 없었다. 오히려 말이 아닌 뜻이기에 그대로 생생하게 본질이 전달됐다.

[주인님에게 도움이 될 수 있어요.]

'무슨 도움?'

[선천진기가 필요할 때마다 드릴 수 있어요. 그리고 영선지검이 되어서 주인님의 적을 처단할 수도 있어요.]

'영의 명령을 받는 선검이라고? 영마지검이 옳은 표현이

겠지. 영마지검을 움직이기 위해서는 내 영기가 소모되어야 하잖아. 그럴 바에는 선천진기를 흡수한 뒤 없애버리는 편이 낫다.'

이한열은 모산천검의 제안이 마음에 쏙 들었다.

도시락처럼 모산천검에서 필요할 때마다 선천진기를 흡수할 수 있었고, 원거리의 적을 공격할 수 있는 영마지검도 나쁘지 않았다.

하지만 이한열은 제안을 단숨에 받아들이지 않았다.

다급한 처지의 모산천검에게 더욱 좋은 조건을 이끌어낼 수 있기 때문이었다.

[주인님의 호신지검이 되겠습니다. 다만 부족해지는 영기를 간간이 보충할 수 있게만 해 주세요.]

모산천검이 애걸복걸했다.

더 이상 선천진기와 역천진기를 빼앗기게 되면 모산천검의 영성이 사라질 판이었다. 그렇기에 이한열에게 아무 손해가 없는 제안을 내밀었다.

모산천검은 사람의 생기를 잡아먹고 살아가는 요검이었다. 주인의 선천진기를 흡수하는 것이 가장 효율이 좋았다. 그렇다고 해서 타인의 선천진기를 빼앗는 것이 불가능한 건 아니었다.

'좋다.'

이한열이 모산천검의 제안을 받아들였다.

이한열은 자신이 아닌 타인의 생기라면 필요에 따라 언제든지 제공할 수 있는 이기주의자였다.

[이제 몸에서 저를 빼 주세요.]

'그 전에 너의 뜻을 지킨다는 종속의 맹약을 해야 하지 않느냐?'

이한열이 모산천검에게 물었다.

부르르! 부르르!

모산천검이 요란하게 흔들렸다.

'요악한 검! 빠져나갈 궁리만 한 너의 모든 기운들을 흡수해야겠구나.'

이한열이 질타했다.

모산천검은 이한열의 몸에서 빠지고 난 뒤 약속을 헌신짝처럼 내버릴 작정이었다. 사람도 아닌 요검이 약속을 지킬 필요가 없었다.

이한열은 모산천검의 요악한 습성을 간파했다.

배교에 대해서 공부한 이한열은 종속의 맹약이 있다는 사실을 알았다. 종속의 맹약은 법보가 주인에게 속하면서 지키겠다고 한 뜻을 어기지 않겠다는 굳은 약속이었다.

종속의 맹약을 깨뜨리면 법보는 그 순간 영기를 잃어버린다.

[주인님께 전한 제 뜻을 지키겠습니다.]

모산천검이 종속의 맹약을 했다.

파아앗! 파아앗!

모산천검의 검신에 새겨진 해와 달이 도깨비불처럼 시퍼런 빛으로 반짝거렸다.

종속이 맹약이 제대로 맺어진 걸 확인한 이한열이 모산천검의 손잡이를 천천히 잡아당겼다.

스르릉!

모산천검이 이한열의 뱃속에서 천천히 빠져나오기 시작했다.

카아아아아! 카아아아아!

키이이이이이! 키이이이이이이!

먹잇감을 잃어버린 천인혈골이 미친 듯이 괴성을 토했고, 혈혼피가 모산천검을 잡아두기 위해 피부를 강력하게 조였다.

"내 몸에서 내가 모산천검을 빼낸다는데 네놈들이 왜 난리냐? 잠자코 있어라."

탐욕스러운 천인혈골과 혈혼피가 격렬하게 반항했지만 멀쩡해진 이한열이 두 마병을 강력한 의지로 억눌렀다. 재물을 빼앗긴 두 마병들이 발악하면서 이한열은 고통에 시달렸다. 머리를 콕콕 찌르는 고통이 종전보다 약하기도 했고, 삼일 밤낮 공부하고 경험하는 발작적 편두통과 유사했다.

"검집을 가지고 돌아와라."

고통에 개의치 않고 이한열이 모산천검에게 명했다.

휘이익!

허공을 부드럽게 날은 모산천검이 바닥에 나뒹굴고 있는 검집과 결합되어 다시금 이한열에게 돌아왔다.

스륵!

모산천검이 이한열의 손 위로 부드럽게 내려앉았다.

'모산천검이 허공에서 움직이면 감당할 수 없을 정도로 막대한 영기가 소모된다. 꼭 필요한 순간이 아니면 사용하지 말아야겠다.'

이한열이 모산천검이 움직일 때 소모된 영기의 양을 파악하며 속으로 중얼거렸다.

그리고 허공을 나는 모산천검이 기습의 수단이 될 수는 있었지만, 위력적이라고 하기에는 애매했다.

"이기어검을 익힌 거야?"

호법을 서고 있던 주수선이 두 눈을 동그랗게 치켜뜨고 있었다. 모산천검이 허공을 자유롭게 날아 다시금 이한열에게 돌아온 광경에 그녀가 놀라지 않을 수 없었다.

"이기어검이 아니라 영선지검을 얻었습니다."

이한열이 모산천검을 선검으로 포장했다.

사람을 잡아먹는 마검이라고 인정하면 문제가 될 수도 있었기 때문이었다.

"영선지검을 얻었다니 정말로 축하해."

투명한 눈망울의 주수선이 법보를 얻은 이한열에게 진심의 축하인사를 건넸다. 욕심이 날 수밖에 없는 모산천검을 눈앞에 두고 눈곱만치의 탐욕도 드러내지 않는 그녀를 이한열은 존경했다.

"이제 괜찮아졌어?"

"전보다 생생해졌습니다."

"다행이다. 그럼 이제 어떻게 해야 해?"

"금의위를 품에 안으셔야 합니다."

"중립을 표하고 있는 금의위는 회유하기가 힘들어."

세 황자들은 커다란 힘을 가지고 있는 금의위를 차지하기 위해 갖은 노력을 기울였다. 하지만 세 황자 가운데 어느 누구도 금의위의 지지를 얻지 못했다.

"황대목이 죽은 지금이라면 가능합니다."

이한열의 눈빛이 이채로 빛났다.

생각을 확고하게 드러낸 이한열을 그녀가 물끄러미 바라보았다.

"앞장서."

주수선이 이한열의 말을 믿었다.

가타부타하지 않고 신뢰해 주는 그녀를 보면서 이한열이 미소를 지었다.

"잠시 기다려 주십시오. 휘하의 부하들에게 지시를 내려야 합니다."

양해를 구한 이한열이 주변을 살폈다.

치열한 전투를 끝낸 석천보, 오기, 금군, 훈련생들이 주수선과 이한열을 지켜보고 있었다. 그들은 주수선과 이한열이 황대목과 벌이던 가공할 전투를 두 눈으로 목격했고, 나중에는 잔뜩 늙은 이한열이 젊은이로 돌아오는 놀라운 광경을 목격했다.

"정말로 진사 맞아?"

"과거에 급제한 진사가 맞아. 그런데 검강을 맨몸으로 그냥 버텨내다니 황당해서 믿기지가 않아."

"헉! 이기어검을 펼쳤다."

"손으로 검을 가리키지도 않고 눈으로 바라보지도 않아."

"심어검이다."

"와아아! 무적의 고수가 우리와 함께하고 있다."

사람들이 허공을 질주하는 모산천검을 보면서 감탄을 터트렸다. 존경과 두려움이 가득한 눈으로 이한열을 쳐다보고 있었다.

"금군 장수 석천보는 명을 받들라."

"석천보 대령했습니다."

석천보가 강력한 무위를 지닌 데다가 주수선의 신임을 받고 있는 이한열에게 고개를 조아렸다.

"금군을 이끌고 군주 마마를 따르라!"

"명을 받듭니다."

"훈련대장 오기는 명을 받들라."

"오기가 명을 기다리고 있습니다."

선천보의 뒤를 따라, 오기도 이한열에게 고개를 숙였다.

"천 명을 봉수대에 남겨 두고 나머지 부하들을 이끌고 군주 마마를 따르라!"

"충! 명을 받듭니다."

"장충신은 명을 받들라."

"장충신 명을 받들 준비가 되어 있습니다."

"훈련생 천 명과 휘하의 부하들을 이끌고 봉수대를 사수하라."

"목숨을 걸고 지키겠습니다."

"믿겠다."

이한열이 놀라운 이적과 강력한 힘으로 훨씬 높은 품계를 지닌 사람들을 부하처럼 다스렸다. 지시를 내리는 행동이 무척이나 자연스러웠다.

"이제 금의위 본청으로 가시지요."

이한열이 주수선을 바라보며 말했다.

"앞장서!"

"예."

저벅! 저벅!

이한열이 성큼성큼 걸음을 내디뎠다.

그의 뒤를 주수선이 잔뜩 호감을 가진 눈빛을 한 채 뒤따랐다.

저벅! 저벅!

저벅! 저벅!

석천보가 이끄는 금군과 오기가 이끄는 훈련생들이 오와 열을 맞춰 전진했다. 이천을 약간 상회하는 병력이 일제히 움직이자, 흙먼지가 자욱하게 피어났다.

第五章

잔살천독

"누구냐?"

원동파가 옥현지를 발출했다.

찌익!

옥빛으로 빛나는 지공이 한 공간을 꿰뚫었다.

강력한 지공이 단단한 태화전의 벽을 뚫고 밖으로 뿜어져 나갔다.

스윽!

이형환위의 놀라운 신위를 선보인 원미지가 기척이 느껴진 공간에 모습을 드러냈다.

"천강지! 독공의 고수가 언제 올지 모르니 함부로 자리를 이탈하지 마시오."

태화전의 심처를 수호하고 있는 경천신검 정수완이 천강지 원동파에게 주의를 당부했다. 천강지와 경천신검은 수호각의 무인들로 태화전에 거처하고 있는 황태자 주윤무를 보호하고 있었다.

태화전에는 병사들로 인의 장막이 펼쳐져 있었다.

인의 장막 안에는 황실의 최고수들과 수호각의 무인들이 각 방위를 책임졌다. 그들의 그물망처럼 펼쳐진 진영을 뚫고 몰래 안으로 들어갈 사람은 아무도 없었다.

"잘못 느꼈나?"

방금 벽에서 티끌처럼 작은 기운을 파악했던 원동파가 고개를 갸웃거리며 원래의 위치로 되돌아왔다.

"아무것도 없었소."

아무 이상도 느끼지 못했던 정수완이 말했다.

"그럴 것이오. 찰나의 순간 옥현지를 피할 사람은 없었을 테니까."

원동파는 자신의 옥현지에 커다란 자부심을 가지고 있었다.

강호에서 활동할 당시 옥현지에 무릎을 꿇은 고수들이 즐비했다. 그의 손가락이 활짝 펼쳐진 상태에서 발출되는 지공이 하늘의 힘을 가진 것처럼 강력했다. 그래서 그의 별호가 천강지였다.

정수완 역시 원동파와 같은 시기에 강호에서 활동했던 전대의 인물이다. 한 자루 검으로 강호를 질타했던 그에게 하늘도 놀란 신검이라는 경천신검 별호가 붙었다.

천강지와 경천신검은 전대 무림에 강호백대고수에 꼽히던 강자들이었다. 그런 강자들이 지금 태화전에서 주윤무를 수호하고 있었다.

황태자 주윤무의 진영 역시 수호각의 무인들을 포섭해둔 상황이었다.

"본좌의 왕림을 알고 있었던가?"

허공에서 낭랑한 음성이 흘러나왔다.

스르릇!

아무것도 없던 빈 공간이 일렁거리나 싶더니 한 명의 신형이 모습을 드러냈다.

툭!

그가 바닥으로 가볍게 내려섰다.

그는 얼굴이 둥글면서 넓적한데 정수리가 평평하고 넓으며 이마가 튀어나왔다. 눈은 크고 눈동자 밖으로 흰자위가 많이 보였다. 턱은 위로 치켜 올라가고, 입은 작으며, 입술은 도톰하며 색이 붉었다.

몸이 깡말라서 허약해 보였고, 키가 보통 사람들보다 머리 하나 작은 오척단신이다. 등이 구부정하게 불룩 솟았고, 배가 펑퍼짐하게 아래로 처졌다.

참으로 괴상하게 생긴 자였다.

"혹…… 혹시 잔살천독 선배님이십니까?"

"저자가 전전대의 강호십대고수 가운데 한 명인 독마인 잔살천독이라고?"

정수완의 물음에 원동화가 눈을 동그랗게 치켜떴다.

"들었던 모습과 다른 점이 없어."

정수완이 얼굴을 딱딱하게 굳혔다.

잔살천독 안재우의 독특한 생김새는 강호에서 유명했다.

못 생기고 특이한 오척단신의 안재우를 보고 웃거나 비웃는 자들은 모두 한 줌의 혈수가 되어 사라졌다. 잔살천독의 독수 아래 혈수가 되어 죽은 자의 숫자만 수천 명이었다.

안재우가 정사마의 모든 무인들에게 악독한 살인행각으로 인해 무림공적으로 내몰렸다. 무림공적으로 몰린 잔살천독 안재우가 무림에서 활동을 하지 않은 지 벌써 백 년이 흘렀다.

무림에서는 잔살천독 안재우가 죽은 줄 알고 있었다.

그런 잔인한 성격의 안재우가 제중원에서 의술을 펼치며 살아가고 있을 줄은 아무도 몰랐다.

"클클클! 아직까지 본좌를 알아보는 기특한 애송이들이 있구나."

안재우가 쉿소리 나는 카랑카랑한 목소리로 말했다.

독공을 익히면서 꼽추가 된 안재우는 성대까지 다쳐 목소리가 괴상했다.

"경천신검 정수완이 고인을 뵙습니다."

"후배 천강지 원동화가 선배를 뵙습니다."

정수완과 원동화가 포권을 하며 인사했다.

그들은 전전대의 악독한 독마 잔살천독과 될 수 있으면 싸우기를 원하지 않았다. 그들이 전대의 강호백대고수라고 하지만 잔살천독은 차원이 다른 고수였다.

잔살천독은 강호십대고수로 꼽혔지만, 실제 가장 강력한 살인기술을 가진 자로 평가받기도 했다. 하독술이 무척이나 신묘한 잔살천독은 죽는 자가 어떻게 죽는지도 모르게 독을 사용했다.

외부에서 들어올 독을 막기 위해 정수완과 원동화가 잔뜩 긴장한 채로 팔만사천모공을 막아 놓고 있었다. 귀식대법을 통해 일체의 호흡을 끊어놓은 상태였다.

"클클클! 애송이들이 예의가 바르구나."

안재우가 입가에 비릿한 미소를 지었다.

"전전대의 높은 고인께서 태화전에는 무슨 일로 왕림하

셨습니까?"

정수완이 정중하게 안재우에게 말을 건네는 동시에 전음을 보냈다.

[혹시 모르니 협공을 준비하게.]

[알았네.]

원동화가 정수완과 협공을 할 수 있는 최적의 위치로 은근하게 이동했다. 낌새를 알아차린 안재우가 곧바로 출수할지 걱정한 그가 무척이나 느리게 움직였다. 결국 안재우를 좌우에서 협공할 수 있는 최고의 자리를 차지했다.

"얌전하게 지내려고 했는데 귀찮게 구는 애송이가 있어서 말이야."

"감히 누가 고인을 귀찮게 한단 말입니까? 말씀만 하시면 당장에 절단을 내놓겠습니다."

정수완은 어떤 놈이 전설적인 살인마인 잔살천독의 심기를 건드렸는지 상상도 못 했다. 죽으려고 환장한 놈이 아닌 이상 그럴 수는 없었다.

"하도 어처구니가 없어서 그놈을 보낸 윗대가리를 족치려고 왔지."

안재우가 히죽거렸다.

그는 과거 자신의 심기를 거슬리면 당사자뿐만 아니라 주변 사람들까지 함께 몰살시켜버렸다.

이한열이 황태자 주윤무의 편이라는 사실을 안 안재우가 삼 황자에게 합류했다. 황태자를 독살시키기 위해 단신으로 태화전으로 왔다.

신분을 앞세워서 귀찮게 만들었던 안재우가 전설적인 살인마 잔살천독이란 것을 이한열은 꿈에도 몰랐다. 이한열의 가볍게 던진 돌멩이 하나에 살기 고픈 살인마 안재우가 죽어라고 쫓아온 형국이었다.

스팟!

타협의 의사가 없다는 사실을 확인한 정수완의 눈초리가 서늘해졌다.

팟!

정수완의 오른손이 검의 손잡이를 잡았다 싶은 순간 무지개 같은 검강이 피어올랐다. 사력을 다한 검강이 일체의 변화 없이 일직선으로 안재우를 갈랐다.

파파팟! 파파팟!

찌찌찍! 찌찌찌찍!

원동화가 열 손가락을 모두 활짝 펼쳐 최강의 절초인 천애지를 뿌렸다. 열 줄기의 지강들이 안재우의 빈틈을 노리고 기기묘묘하게 휘어졌다.

찰나의 순간 펼쳐진 참으로 절묘한 연수합격이었다.

오랜 시간 함께 한 그들의 공격이 안재우를 난도질하려

고 했다.

"참으로 흉흉한 공격이구나. 얼마나 오랜만에 맛보는 흉흉한 살기인가?"

안재우는 여유롭게 닥쳐드는 공격들을 살폈다.

슥!

안재우가 가만히 손을 들어 올렸다.

스으으! 스으으!

그의 주변에 자욱한 자색 안개가 뭉실뭉실 피어났다.

검강과 열 줄기의 지강이 자색 안개를 여지없이 꿰뚫었다.

그런데…….

검강과 지강이 자색 안개 속에서 속절없이 녹아들어 갔다.

지독한 독기 앞에 유형화된 검강과 지강들이 견디지 못한 것이었다.

"귀식대법을 펼쳤거늘……."

"헉! 중독됐다."

정수완과 원동화는 속이 메스꺼워지면서 전신의 기혈이 들끓어 오르는 것을 느꼈다. 혈도와 경락을 타고 도도하게 휘몰아치던 진기들이 가닥가닥 끊겼다.

"쿨럭!"

원동화가 시커먼 피를 토했다.

정수완보다 심각한 독상을 입은 원동화의 안색이 백지장처럼 새하얗다. 얼마나 지독한 독인지 중독된 순간 원동화의 호흡이 흐트러졌다. 금방이라도 쓰러질 것처럼 원동화가 휘청거렸다.

"호흡과 모공을 막는다고 해서 독을 모두 차단할 수 있는 건 아니지."

안재우가 비릿하게 웃었다.

"젠장! 천수환검!"

정수완이 검을 매섭게 뿌렸다.

파파팟! 파파팟!

셀 수도 없을 정도로 많은 검들이 허공에 떠올랐다.

쐐애액! 쐐액!

수많은 검들이 일제히 안재우를 향해 쏘아졌다.

독에 중독된 상태에서 무리하게 진기를 끓어오른 그의 얼굴이 시퍼렇게 변해갔다. 중독이 심해지고 있다는 반증이었다.

"이런 공격으로는 자색독연을 뚫을 수 없다."

자색독연을 사방에 흩어 놓은 안재우가 여유롭게 쇄도하는 공격들을 감상했다.

휘릭!

정수완이 손을 가볍게 휘저었다.

자색독연을 향해 질주하던 검들이 중간에 방향을 바꿔 서로 부딪쳤다.

콰아앙! 쾅!

쿠콰쾅! 콰아앙!

검들의 부딪치면서 가공할 폭음을 터트렸다.

휘이이잉!

충격파가 일어나면서 강력한 바람이 실내에 발생했다. 바람이 사방으로 흩어지지 않고 오직 정수완에게로만 불어닥쳤다.

정수완이 뒤쪽 방향으로만 바람이 불도록 공격을 조작했기 때문이었다.

휘익!

원동화를 낚아챈 정수완이 그대로 등을 돌려 달아나기 시작했다. 찰나의 순간 안재우의 방심을 이용하여 빠르게 거리를 벌렸다.

"감히!"

맛있는 먹잇감을 눈앞에서 놓친 안재우의 눈에서 시퍼런 흉광이 솟구쳤다.

"저자를 막아라."

정수완이 소리쳤다.

폭음 때문에 이미 태화전을 지키고 있던 병력들이 가까이 다가와서 대기하고 있었다. 병력들이 창검을 뽑아들고 안재우를 처리하기 위해 실내로 진입했다.

"크으윽!"

"아악!"

"켁!"

실내로 진입한 병력들이 비명과 함께 바닥에 둔탁하게 쓰러졌다. 실내를 가득 채우고 있던 독에 병사들이 중독된 것이었다.

수호각의 고수들인 정수완과 원동화도 버티지 못하고 중독된 절독이었다.

병사들이 독 앞에서 버틴다는 건 불가능했다.

주르륵! 주르륵!

실내에 쓰러져 있던 병사들의 피부에서 거품이 보골보골 솟구쳤다. 거품이 터지면서 피부가 사라졌고, 시뻘건 근육과 뼈가 드러나는가 싶더니 이내 함께 물처럼 녹아들었다.

잔살천독 안재우의 악명이 그대로 드러나는 광경이었다.

"으으으! 들어가면 모두 죽는다."

"시체도 남기지 못하고 죽을 수는 없어."

병사들이 눈앞에서 벌어진 광경에 치를 떨면서 실내로의 진입을 거부했다.

"이럴 수가……."

처참한 광경을 목격한 장수 보소남의 안색이 창백했다.

"몸으로라도 막아라!"

정수완이 도주하면서 명령했다.

그가 요상결을 시전하면서 독상을 치료하기 위해 노력했지만 별 차도가 없었다.

팍! 팟!

정수완이 손가락으로 원동화의 혈도와 경락을 막아 독의 확산을 막았다. 하지만 시퍼렇게 변한 원동화의 호흡이 점점 흐려져 갔다.

정수완과 원동화 둘 다 신속하게 의원에게 가서 치료를 받아야만 하는 실정이었다.

정수완이 안재우를 막기 위해 보소남과 부하들을 재물로 던졌다.

"빌어먹을."

상부로부터 철저하게 정수완의 지시를 따르라는 명령을 받았던 보소남의 얼굴이 잔뜩 일그러졌다. 도망치고 싶었지만 그대로 물러났다가는 차후에 살아도 문제가 발생했다.

"지들만 살겠다고 도망치면서 나보고 어떻게 하라는 거야?"

진퇴양란의 처지에 몰린 보소남이 발을 동동 굴렀다.

결국 그가 선택한 건 눈앞 부하들의 희생이었다.

"우리에게 후퇴란 없다. 안으로 들어가지 말고 밖에서 막기만 해."

보소남이 명령을 내리면서 은근슬쩍 뒤쪽으로 움직였다.

"알겠습니다."

"명을 받듭니다."

겁에 질린 병사들이 감히 안으로 들어서지 못하고 문을 막아섰다. 문 앞에서 층층이 진형을 갖춘 그들의 기세가 자못 날카로웠다.

"하룻강아지들아! 죽어라."

대노한 안재우가 손을 머리 위로 들어 올렸다가 그대로 내렸다.

후우우우우! 후우우우웅!

실내에만 있던 자색의 안개가 밖으로 밀려나왔다.

"아아악!"

"케액!"

"어머니!"

자색 안개에 휩싸인 병사들이 비명을 지르면서 물이 되어 버렸다. 물이 바닥으로 스며들어 사라졌다. 병사들이 세상에 흔적조차 남기지 못하고 죽었다.

"으으으! 막을 수가 없는 존재다."

겁에 질린 보소남이 덜덜 떨었다.

주르륵! 주르륵!

그의 바짓가랑이를 타고 노란색 물이 흘러내렸다.

지독한 공포에 휩싸인 그가 부지불식간에 오줌을 싼 것이었다.

저벅! 저벅!

안재우가 자색독연을 내밀면서 걸어가기 시작했다.

"크크크크!"

물이 되어 죽어가는 자들을 보면서 안재우가 쇳소리 섞인 웃음소리를 토했다.

스르륵! 스르륵!

바닥으로 스며들던 물들이 용천혈을 통해 안재우의 몸 안으로 흘러들어왔다. 체내의 독기들이 새롭게 들어오는 생명력 짙은 물을 반겼다.

용천혈로 들어오는 물들은 안재우가 사람을 통째로 죽여서 만든 영약인 셈이었다. 과거에 무림공적으로 몰렸던 원인이 바로 이것이었다.

"아까 놈들을 흡수했다면 더욱 좋았을 텐데……."

안재우가 놓친 정수완과 원동화를 떠올리며 아쉬워했다.

강한 기세를 뿌리던 그들이라면 안재우를 더욱 강하게

만들어 줄 수 있었다.

"다른 먹잇감들이 많이 있으니까 괜찮겠지."

안재우가 사악하게 주변을 훑었다.

많은 병력들이 그를 포위하고 있었다.

그런 병력들을 안재우가 보약인 것처럼 바라보며 입맛을 다셨다.

안재우가 인독진결을 운용하였다.

팔만사천모공을 통해 자색독연이 뿜어지고 있었고, 용천혈을 통해 사람으로 만든 생기의 보약이 몰려들어왔다. 몸에 축적된 독기가 보다 강력해져 갔다.

그때였다.

콰콰쾅! 콰콰콰쾅!

쿠콰콰콰콰쾅!

벽력성의 울림과 함께 뇌전이 안재우를 향해 내리꽂혔다.

수십 개의 뇌전이 작렬하면서 자색독연이 사라지기 시작했다.

"크아악!"

비명을 지르는 안재우의 얼굴이 하얗게 변한 가운데 눈동자가 시뻘겋게 바뀌었다. 심각한 타격을 입으면서 눈동자 안의 실핏줄이 터졌다.

앙증맞을 정도로 작은 손바닥 크기의 고색창연한 북을 손에 들고 있는 노인이 모습을 드러냈다. 노인의 몸에서 산악이라도 뭉개버릴 패도의 기운이 줄기줄기 뿜어졌다.

북을 이루고 있는 낡은 가죽에는 벽력의 문양이 새겨져 있었다. 벽력의 문양에서 반짝반짝 뇌전이 일렁거렸다. 뇌전을 뿜어내고 있는 북은 벽력천고라는 이름을 가진 신병이었다.

벽력천고에는 벽력신공이라는 천고의 절학이 숨겨져 있다. 벽력신공을 팔성 이상 익혀야만 벽력천고를 울리며 벽력을 뿌릴 수 있었다.

"벽력천고로구나!"

뇌전에 당한 안재우가 신병을 대번에 알아차렸다.

벽력천고는 고금십대신병에 당당하게 이름을 올려놓고 있는 천고의 신병이었다. 서열 제사위에 올라 있을 정도 위력적이면서 신묘했다.

벽력천고는 대막의 전설적인 세가인 축융세가의 신물이었다. 엄청난 성세를 자랑하던 축융세가였지만 대원의 기마병들 앞에 멸문당했다.

벽력천고가 황궁보고에 잠들어 있다가 노인 소창문의 손에서 부활했다.

"잔살천독! 오늘이 바로 네놈의 죽는 날이다."

소창문이 벽력신고를 손으로 두들겼다.

콰콰콰쾅! 콰콰콰쾅!

콰콰콰콰콰쾅!

벽력성이 울리면서 벽력신고에서 뇌전이 마구 튀어나왔다. 이글이글 불타오르는 뇌전들이 안재우를 향해 벼락같은 속도로 쏘아졌다.

"한 번 붙어보자. 앙천자하독강!"

안재우가 전력을 다해 호신독강을 일으켰다.

고오오오! 고오오오!

자색의 독강이 거대한 한 마리 뱀처럼 안재우를 똘똘 휘어 감았다. 두터운 자색의 독강에 휩싸인 안재우의 모습이 보이지 않았다.

콰지지지직! 콰지지지직!

뇌전이 자색독강으로 파고들면서 코를 찌르는 비릿한 냄새가 뿜어져 나왔다.

"우욱!"

자색독강 안에서 안재우의 답답해하는 신음이 새어 나왔다. 뇌전에 지져진 안재우의 안색이 시커멓게 타 있었다. 이상야릇한 냄새와 함께 머리카락도 곱슬곱슬 배배 꼬여 있었다.

주르륵!

내장까지 타들어 가는 고통에 안재우의 입꼬리를 타고 핏물이 흘러내렸다.

안재우와 벽력의 힘을 가지고 있는 벽력천고는 극상성이었다. 독은 원래부터 화기에 약했는데, 화기의 정점에 서 있는 것이 바로 벽력이었다.

벽력천고만 해도 큰 문제였는데, 눈앞의 소창문에게서 흘러나오고 있는 패기만 해도 안재우에게 결코 밀리지 않았다. 게다가 벽력신공을 익힌 소창문에게는 안재우의 독이 통하지 않았다.

"누구냐? 넌?"

"수호각의 삼태상 가운데 한 명인 지태상 소창문이다."

소창문이 속 시원하게 신분을 밝혔다.

단 한 번도 강호에 모습을 보이지 않은 그는 황실에서만 무공을 수련한 순수한 황실무인이었다. 황제에게 맹목적인 충성을 보이던 그는 황태자에게 자연스럽게 복종했다. 황태자가 황제로부터 차기 정권을 받기로 약속받았다고 믿었기 때문이었다.

소창문이 다시 벽력천고를 두들겼다.

콰콰콰쾅!

벽력성과 함께 뇌전이 실내를 환하게 밝혔다.

뇌전이 강렬하게 번쩍거리며 안재우를 향해 내리꽂혔다.

"젠장!"

안재우가 엄청난 속도로 내리꽂히는 뇌전을 보면서 그대로 바닥을 박찼다. 불리함을 느낀 그가 정면에서 맞지 않고 회피했다.

휘잇!

그가 병사들의 틈으로 끼어들었다.

콰콰쾅! 콰콰콰쾅!

뇌정이 병사들 틈에 숨은 안재우를 노리면서 터졌다.

"크아아악!"

"으악!"

"케에엑!"

마른하늘에 날벼락을 맞은 병사들이 시커멓게 타버렸다.

졸지에 동료들을 잃어버린 살아남은 병사들이 아군인 소창문을 원망스러운 눈빛으로 쳐다보았다.

"흐흐흐흐! 나를 노리면 애꿎은 병사들이 죽어갈 것이다."

안재우가 다른 병사들 사이로 몸을 숨기면서 키득거렸다.

소창문이 매서운 눈으로 안재우가 숨은 곳을 바라보았다.

콰콰쾅! 콰콰콰쾅!

병사들을 희생시켜서라도 안재우를 죽이려고 하는 소창문의 손속은 무자비했다.

병사들은 황제를 위한 소모품이었다.

"황제 폐하를 위해서 죽어라."

소창문의 눈빛이 강렬했다.

그는 황제의 안위를 위협하는 적과 함께 죽을 수 있다면 병사들에게 영광이라고 생각했다. 그렇기에 벽력천고에서 뇌전을 불러일으키는 소창문에게 머뭇거림은 없었다.

"아아악!"

"크아아악!"

뇌전에 적중당한 병사들의 안색이 시커멓게 죽었다.

도망치지도 못한 채 살아남은 병사들의 낯빛도 시커멓게 변했다.

"으으윽!"

안재우가 뇌전에 시커멓게 뚫려버린 옆구리를 붙잡으면서 휘청거렸다. 가공할 화기를 뿌리는 뇌전이 지지고 지나간 상처에서는 피조차 흘러나오지 않았다.

"아군까지 죽이는 잔인한 놈!"

"닥쳐라!"

소창문이 줄기줄기 뇌전을 뿜어내는 벽력천고를 향해 손을 휘둘렀다.

콰아아앙!

뇌전이 강렬하게 안재우에게 닥쳐 들었다.

"이판사판이다."

안재우가 전신에 축적된 모든 독기들을 올올이 끌어올렸다. 머리카락까지 빳빳하게 일어나는 가운데 독기들이 손바닥을 뚫고 나와 단단한 독검을 만들어 냈다.

스륵!

독의 결정체인 독검이 지독한 독기를 뿌려댔다.

"대라혼원독강!"

안재우가 온 힘을 다해 독검을 휘둘렀다.

시커먼 독기들이 수십 개의 독강을 일으키면서 날뛰었다. 비릿한 독강들이 뇌전을 향해 정확하게 날아갔다.

"박살 내주마."

소창문이 싸늘한 미소를 지으면서 뇌전에 더욱 강한 벽력진기를 투사했다. 뇌전들이 독강들을 향해 가공할 속도로 쏘아졌다.

콰아아아앙!

엄청난 폭음이 터지면서 안재우의 신형이 줄 끊어진 연처럼 뒤쪽으로 훌훌 날아갔다. 뇌전에 당해 쩍 벌어진 가슴의 허연 뼈가 드러난 상처에서 피가 흘러나오지도 않았다.

휘리릭!

안재우가 허공에서 반전하면서 그대로 실내의 벽을 무너뜨리면서 도망쳤다.

콰광! 콰콰광!

안재우가 손을 휘둘러서 벽과 천장을 완전히 무너뜨렸다.

"두고 보자."

후일을 기약한 안재우가 뒤도 돌아보지 않고 미친 듯이 달아났다. 심맥의 태반이 타버렸고, 뼈가 부러지고, 혈도까지 망가진 안재우의 상처가 심각했다.

살기 위해 사력을 다한 안재우가 일순간에 태화전을 벗어났다.

"죽였어야 하는데……."

소창문이 눈에 보이지 않는 안재우를 떠올리며 아쉬워했다.

벽력천고를 울리기 위해서 각고의 세월을 보낸 그의 경신법은 뛰어나지 않았다.

그는 적들을 쫓아가서 죽이는 사람이 아니라 황제의 곁에서 머무르면서 찾아오는 자들을 죽이는 역할이었다. 그렇기에 경신법이 뛰어나도 않아도 괜찮았다.

하지만 한 마리 새처럼 도망친 안재우를 보니, 약한 경신법이 참으로 안타까웠다.

"다음에 눈에 띄면 그때는 기필코 죽인다."

소창문이 자취를 감췄다.

황제의 곁에서 그림자처럼 수호하는 그는 은신술이 뛰어났다.

第六章
금의위

이한열이 주수선과 오천 명의 병력들을 이끌고 다음으로 향한 곳은 바로 금의위의 수장 도독이 거처하고 있는 본청 건물이었다.

봉수대에서 출발했을 때의 병력이 이천을 갓 넘었는데 지금은 오천이 넘어섰다. 봉수대에서 금의위 본청까지 오는 와중에 삼천의 병력이 더 늘어났다.

남북의 두 진무사와 십사소를 총괄하는 금의위 본청은 예전에 비해 그 위세가 줄어들었지만 아직까지 동창 · 서창과 더불어 황실삼대공포기관 가운데 하나였다.

"여기가 금의위 본청이구나."

주수선이 거대한 건물을 바라다보면서 중얼거렸다.

그녀가 황실에서 오랜 세월을 보낸 그녀이지만 금의위 본청까지 온 건 처음이었다.

"무슨 일입니까?"

오천 명의 대군을 앞에 둔 금의위 소속의 장수 홍봉한이 잔뜩 긴장한 기색으로 말을 걸어왔다. 그의 뒤에 오백여 명의 금의위 위사들이 대기하고 있었지만 역부족이었다.

본청에 아직 금의위 위사들이 많이 있고, 자금성 안에도 금의위 위사들이 넓게 포진되어 있었지만 힘이 하나로 모이지 못하고 있었다.

황실에 난리가 벌어졌지만 금의위는 여러 면에서 한계를 드러내고 있었다. 수장인 도독이 세 명의 황자들 사이에서 중립을 표명하고 있었지만, 자금성에서 황자들 사이에 전투가 벌어지고 있다는 것 자체가 이미 심각한 문제였다.

자금성이 건물들이 불타고 있었고, 각종 황실의 기물들이 약탈을 당했다. 각종 서류와 문서, 양곡 등은 대부분 불에 타 버렸다. 혼란스러운 와중에 사라지고 없어지는 물건들이 워낙 많았다.

금의위는 황실을 수호하고 자금성 안팎을 순찰하는 역할을 이미 스스로 버린 셈이었다.

"주수선 군주 마마께서 땅에 떨어진 금의위의 권위를 회복하고 질서를 수습하기 위해 직접 왕림하셨다. 예의를 갖춰라."

이한열이 앞으로 나서면서 외쳤다.

이한열은 황태자를 차기 황제로 올리기 위해서 고심했다.

그는 황태자 측의 병력이 적고 약하다 생각하여, 중립세력으로 남아 있는 자들 가운데 재주 있고 용맹한 자들로 구성된 금의위를 손에 넣자고 주수선에게 건의했다.

금의위를 차지하면 차기 황제 자리가 어느 정도 확보될 것이라는 이야기에 주수선이 이한열의 의견을 받아들였다.

"군주 마마를 뵙습니다. 몰라본 무례를 용서하십시오."

홍봉한이 그 자리에서 부복했다.

"군주 마마를 뵙습니다."

오백여 명의 금의위들이 일제히 주수선을 영접했다.

"황실에 난리가 벌어졌는데 본청에만 머무르고 있는 밥버러지들! 도독은 어디에 있지?"

주수선이 싸늘하게 외쳤다.

강렬한 모욕이 섞인 그녀의 질타에, 옆에 있던 이한열의 얼굴이 딱딱해졌다. 하지만 이미 입 밖으로 나온 말을 주워담을 수는 없었다.

'강압이 최선은 아니지만 차선은 될 수 있다.'

죽고 죽이는 전투에서 오만한 독선은 강력한 힘을 발휘할 수 있었다.

그렇기에 이한열이 주수선의 말에 힘을 보태면서 강압적으로 나가기로 작심했다.

"늦장 부릴 시간이 없다. 금의위가 빨리 행동에 나서야 황실의 풍운이 잦아들 것이다. 도독을 군주 마마 앞으로 데리고 오라!"

이한열이 외쳤다.

"아뢰옵기 황송하오나 윤심현 도독께서는 지금 자리를 비우셨습니다."

홍봉환이 두근거리는 가슴을 쓸어내리면서 보고했다.

금의위의 수장인 윤심현 도독은 황자지란 와중에 칩거하고 있었다. 어느 황자에게도 힘을 실어 주지 않고 다음 황제에게 충성을 하겠다고 천명했다. 윤심현이 철저하게 소신을 지켰기에 지금까지 금의위가 중립으로 남아 있을 수 있었다.

"황실에 피바람이 부는데 금의위 수장이라는 작자가 자리를 비워? 죽으려고 환장을 한 작자로구나."

주수선이 발끈했다.

"도독이 없다면 진무사를 데리고 오라."

이한열이 도독 다음의 금의위 권력자인 진무사를 찾았다.

"북진무사가 있습니다."

홍봉환이 부하에게 지시해서 북진무사를 데리고 오도록

지시하였다.

잠시 뒤, 본청의 넓은 문을 통해 황급히 뛰쳐나오는 무리가 보였다.

"영접이 늦었습니다. 용서해 주십시오."

북진무사 서덕형이 땅바닥에 머리를 조아리며 죄를 청했다.

휘하의 금의위 세력을 규합하여 철저하게 훈련시키고 있는 서덕형은 오랜 시간 북진무사를 지낸 인물로 동창에서 요주의 인물로 지목해 왔다.

'권력욕과 야심이 있는 자라는 평가를 내렸지.'

서덕형을 바라보는 이한열의 뇌리에 동창에서 보았던 정보가 떠올랐다.

서덕형의 뒤로 십여 명의 금의위 간부들이 함께 오체투지를 하고 있었는데, 그 가운데에는 제기 범영수도 포함되어 있었다.

스팟!

범영수를 본 이한열의 눈빛이 번뜩거렸다.

"일어나라."

주수선이 지시했다.

"명을 받듭니다."

서덕형을 비롯한 북진무사 소속의 간부들이 오체투지를

풀고 일어섰다.

그 순간 이한열과 범영수의 시선이 부딪쳤다.

씨익!

씩!

둘이 서로를 보며 웃었다.

[앞으로 잘 부탁하오이다.]

이한열의 귓가에 범영수의 전음이 들려왔다.

이제 과거와 처지가 바뀌었다는 걸 알고 있는 그가 이한열에게 예전처럼 하대하지 않았다. 황자지란이 끝나고 난 뒤 그런 사실이 현실화될 것이었다.

"……."

전음을 할 수 없는 이한열이 말없이 고개만 살짝 주억거렸다.

그걸 본 범영수의 입가의 미소가 더욱 환해졌다.

'북진무사가 금의위 본청에 남아 있었다는 것은 누군가를 선택하겠다는 것이지.'

이한열은 생각보다 일이 쉽게 흘러갈 수 있다고 예상하며 웃었다.

그의 생각처럼 야심이 있는 서덕형은 자리를 비우고 대기하라는 상관인 윤심현의 지시를 거부하고 금의위 본청에 머물렀다.

서덕형은 기찰을 통해 황자지란에 가담할 고관대작과 장수들, 세력들에 대해 면밀하게 분석했다. 의심 대상자들에게 접근하여 합류하는 척하면서 실정을 알아냈다.

황자들의 난이 일어난 상황에서 그는 황실을 지키기 위해서 조바심을 냈다. 정확하게 말하면 권력을 크게 잡기 위해 보다 높은 곳으로 올라서기를 원했다.

'황태자가 차기 황제로 유력하다.'

서덕형은 자금성에서 벌어지고 있는 상황에 대해서 지속적으로 보고를 받았다.

'황대목이 주수선 군주 마마에 의해서 쉽게 쓰러지다니, 믿기지가 않아.'

그가 황대목의 사망 소식을 빠르게 전해 들었다.

황대목은 제 삼 황자의 최측근이자 가장 중요한 인물이었다. 황대목의 사망으로 인해 제 삼 황자의 세력이 크게 흔들리고 있는 실정이었다.

그리고 이 황자의 세력은 어화원에서 군집하면서 어부지리의 때를 기다리고 있었다.

황태자의 세력이 사 할, 이 황자의 세력이 삼 할, 삼 황자의 세력이 삼 할이었다. 황태자의 세력이 약간 우위를 차지하고 있었지만 압도적이지는 않았다.

이 황자는 황태자와 삼 황자의 세력이 공멸하기를 바라면서 약간의 병력만 운용할 뿐이었다.

원래대로라면 세 명의 황자 사이에 어느 누구도 주도권을 잡지 못할 상황이었다.

그런데 혜성처럼 등장한 주수선이 변수로 작용했다.

황대목이 주수선에 의해서 처단되었고, 중립에서 방관하고 있던 세력들을 흡수했다. 주수선이 괴력이라고 할 수 있는 힘을 발휘하면서 황태자 진영이 자금성의 주도권을 잡아갔다.

'황태자 진영에 합류해야 한다. 더 늦는다면 곤란하다.'

금의위 본청에서 나오기 전에 이미 결정을 내린 서덕형이었다.

복잡하게 벌어졌던 그의 속내를 금의위 본청에 오기 전 이한열이 짐작하고 있었다. 그렇기에 금의위 본청으로 보무도 당당하게 진입했다.

"소임을 다하지 못하고 위급한 시기 자리까지 비운 윤심현 도독을 자리에서 폐하고 서덕형 북진무사를 새로운 도독으로 임명하십시오."

이한열이 서덕형이 바라는 바를 주수선에게 청했다.

"그래도 될까?"

주수선이 망설였다.

금의위 도독을 임명할 수 있는 사람은 황제뿐이었다.

"촌각을 다투는 위급한 시기입니다. 먼저 조치를 하고 후에 황제 폐하의 허락을 구하면 될 일입니다. 서덕형 북진무사는 능력이 있는 사람으로 전략적 거점들에 금의위 위사들을 이미 배치시켜 놓았습니다. 서덕형과 금의위의 능력을 황제 폐하께서도 높이 평가하실 것입니다."

이한열이 말했다.

유사시 황실을 보호해야 하는 금의위는 결코 무력하지 않았다. 금의위의 위사들이 황실의 중요한 건물과 전략적 거점들을 철저하게 지켰다. 금의위가 중요한 공간을 침범하는 자들에게 결사항전하고 있었기에 가장 중요한 곳들은 보호가 되고 있었다.

"정말인가?"

"그렇사옵니다."

주수선의 물음에 서덕형이 대답했다.

서덕형은 주도권을 잡을 황자에게 합류하기 위해 휘하의 금의위 부하들에게 중요한 거점에서 대기하라고 지시하였다.

금의위 도독의 자리를 욕심내고 있는 그가 주수선의 입에 온 신경을 기울였다.

그때였다.

"아니 됩니다. 금의위 수장은 오직 황제 폐하께서만 임명할 수 있는 자리입니다. 군주 마마께서 도독을 임명하는 일은 법도에서 벗어난 지나친 처사이옵니다."

홍봉한이 부르짖었다.

금의위에 커다란 자부심을 가지고 있는 그는 주수선이 함부로 도독을 임명하는 걸 반대했다.

태화전에서 의식을 거행한 뒤 황제로부터 임명을 받아야 하는 금의위 도독 자리였다. 그리고 황제가 베푸는 잔치 금맹연까지 열려야 도독 제수식의 모든 것이 마무리된다.

금맹연은 황제와 금의위 도독, 금의위 위사들이 한자리에 모여 황제의 무상한 권력을 영원히 향유할 것을 축원한 뒤 황제에게는 충성을, 금의위에게는 황실 수호를 맹세하는 의미의 잔치를 말한다.

"닥쳐라! 당연히 해야 할 황실 수호를 방관한 윤심현 죄인을 파직하고 새로운 서덕형 도독을 임명하는 건 자연스러운 하늘의 이치이다. 함부로 떠들면 그 입을 깨뜨려 버리겠다."

이한열이 섬뜩한 독설을 퍼부었다.

이한열이 거창한 하늘의 이치를 내세웠지만 새 정권을 출범하기 위해 무리하는 건 분명한 사실이었다. 그는 오로지 황태자를 새로운 황제로 올리는 것에 몰두하는 모습을 보였다.

"그대가 이치를 알았다면 황자지란에서 방관하지 말고 발벗고 나서야 했을 것이다. 본청에서 수수방관하고 있던 그대의 입에서 어찌 법도를 들먹거릴 수 있단 말인가?"

이한열이 홍봉한의 잘못을 들춰냈다.

그러면서 주수선의 법도에서 어긋난 부분을 희석시켰다.

예리한 비수처럼 쏘아진 이한열의 말 앞에서 홍봉한이 뜨끔할 수밖에 없었다.

"이자를 치워라."

이한열이 무리에 해가 될 수 있는 홍봉한의 처우를 결정 내렸다. 탄탄하게 결속되어야 하는 긴박한 순간 불평을 내놓는 자를 가차 없이 찍어냈다.

"명을 받듭니다."

이한열의 뒤에 있던 병력들이 홍봉한을 사로잡기 위해 움직이려고 했다.

주수선이 무리를 이끌고 있는 수장이지만, 실질적으로 모든 계획은 이한열의 머리에서 흘러나왔다.

뒤따르고 있는 사람들에게 이한열은 대단한 인물이었다.

"당신이 무슨 권리로 그런 명령을 내리는 것인가?"

홍봉한이 발악적으로 외쳤다.

"하늘의 이치를 따라 황제 폐하를 추대하고 있는데 더 이상 무슨 권리가 필요할까?"

이미 차기 황제로 주윤무를 기정사실화한 이한열의 말에는 자부심과 도도함이 가득 넘쳤다.

'정칠품 관리에 불과하지만 주수선 군주 마마의 최측근이다. 함부로 대할 수 없으니 정중하게 대우해야겠다.'

상황을 지켜보고 있던 서덕형은 이한열을 대우하는 문제 때문에 고민해야 했다.

품계로만 따지면 이한열은 서덕형에게 있어 까마득히 낮은 존재이다. 하지만 황실의 권력은 황제 폐하에게 얼마나 가까운 사람이냐에 따라 달라진다.

주수선의 최측근인 이한열은 황제 폐하에게 있어 서덕형보다 가까운 인물이었다. 그러니 서덕형이 알아서 길 수밖에 없었다.

“금의위 소속이니 제가 처리하겠습니다. 저자를 감옥에 가둬라.”

서늘한 눈초리로 홍봉한을 바라본 서덕형이 지시 내렸다.

“갑시다.”

금의위 위사 두 명이 좌우에서 홍봉한을 결박하여 본청으로 끌고 갔다.

“크윽! 이럴 수는 없어!”

홍봉한이 절망스러운 표정으로 외침을 토하면서 질질 끌려갔다. 감옥에 투옥될 홍봉한의 금의위 인생은 사실상 끝장났다.

“헐! 말 한마디 잘못 했다가 한순간에 인생이 절단 났어.”

“입 조심해. 순식간에 목이 날아갈 수 있으니까.”

“대세를 따라 황태자께 충성해야 해.”

금의위 위사들이 질질 끌려가는 홍봉한을 보면서 바짝 긴장했다.

법도를 무시했기에 불만이 나올 수밖에 없는 금의위 수장 임명식이었다. 명의 역사에서 볼 때 참으로 황당한 도독 임명을 해놓고도 이한열의 고개가 빳빳했다.

"이제 임명을 하시지요."

이한열이 주수선을 바라보며 청했다.

"황실의 종사가 바로 설 수 있도록 그대를 금의위 도독으로 임명한다. 도리를 다하여 사욕을 극복하고 지극한 충성심을 발휘하여 공을 세운 진무공신이 되라."

주수선이 서덕형을 새로운 금의위 도독으로 임명했다.

이는 황제로부터 정식으로 임명된 것이 아니라 야합이었다.

그런 사실을 주수선과 서덕형, 그리고 이한열 등을 비롯한 깨어 있는 생각을 가진 사람이라면 모두가 알고 있었다.

하지만 눈앞에서 홍봉한의 일을 목격하였기에 어느 누구도 감히 반발할 수 없었다.

그리고 황자지란에서 커다란 공을 세우면 야합이 차후 정식으로 세워질 것임은 거의 기정사실이었다.

부르르! 부르르!

비록 정식으로 황제로부터 임명받지 못했지만 서덕형의 기

뿜이 하늘을 찔렀다.

'됐다. 꿈이 이뤄졌다.'

평생 바라보던 금의위 도독 자리를 차지한 그가 주수선을 향해 오체투지를 하였다.

"신 서덕형이 감히 명을 받듭니다. 충성을 다해 반란을 진압하고 황실보호를 위해 노력하겠습니다."

지켜보고 있는 이한열의 마음은 들뜨고 뿌듯할 수밖에 없었다.

'생각대로 일이 착착 진행되네.'

금의위는 황태자가 황제로 즉위하고 난 뒤에도 꼭 품 안으로 끌어들여야 하는 단체이다. 동창과 서창으로 인해 금의위가 많이 약해졌지만 새로운 정권이 등장하면 바뀔 수 있었다.

간신들과 환관들이 득세하면서 황실에서는 개혁을 밀어붙일 수 있는 동력을 상실하고 말았다. 조정을 개혁하기 위해서는 금의위에 힘을 실어 줘야만 했다.

"일어서라."

"감사합니다."

주수선에 명을 받고 일어선 서덕형의 얼굴이 붉게 상기되어 있었다.

슥!

이한열이 서덕형에게 다가섰다.

"서덕형 도독께서는 금의위의 장군 백이십구 명과 천호, 백호, 교위, 역사를 모두 동원하여 반역자들을 처리하시오. 그리고 황실의 계단과 어도, 금수교 및 태화전 광장의 각 문 앞을 철저하게 지키셔야 하오. 마지막으로 의장을 차려입고 황제 폐하의 즉위식에서 채찍으로 소리를 내어 사람들을 정숙하게 만들어야 하오."

이한열이 앞으로 해야 할 일을 지시했다.

금의위를 끌어들인 그가 단숨에 태화전에서 황태자를 황제로 즉위시키려고 하였다. 고관대작들과 금의위가 지켜보는 와중에 태화전에서 벌이는 즉위식이라면 명분을 갖기에 충분했다.

정통성을 갖춰 황제로 즉위했다고 반포하고 나면 이 황자와 삼 황자의 무리를 처단하는 건 지금보다 수월해졌다.

황제가 부릴 수 있는 힘은 어마어마했다.

"알겠소이다."

서덕형이 이한열의 지시에 고분고분 따랐다.

"제기께는 따로 부탁하고 싶은 일이 있소."

이한열이 조용하게 대기하고 있던 범영수를 불렀다.

"무엇입니까? 뜸들이지 말고 말씀하십시오."

"태감 오중정을 처리했으면 합니다."

이한열의 눈에서 서늘한 한기가 흘러나왔다.

"음!"

그 눈빛에서 진득한 살기를 접한 범영수의 몸이 딱딱하게 굳어졌다.

동창에서 일을 배울 때 불협화음이 있었던 오중정을 이한열이 눈엣가시로 보고 있었다. 그때 당한 모욕감을 아직까지 잊지 않았다.

태감 오중정.

권력과 탐욕이 넘치는 오중정은 일찌감치 이 황자를 지지하고 있었다. 동창의 권력자이면서 규화보전을 익힌 황궁의 고수이기도 한 오중정은 이한열의 입장에서 한시라도 빨리 처리해야만 하는 요주의 인물이었다.

"불편하십니까? 싫으면 하지 않아도 괜찮습니다."

이한열이 슬쩍 말을 돌렸다.

황궁무고에 들기 전 범영수의 시험을 받았던 이한열이었다. 그는 그때 범영수의 무위가 결코 심상치 않다는 사실을 깨달았다.

범영수는 이한열이 오중정에게서 받았던 음산한 기세에 비해서 조금도 밀리지 않은 웅장한 기운을 뿜어냈었다.

"……."

범영수가 선불리 결정을 내리지 못했다.

그가 오중정을 처리하려면 목숨을 걸어야만 했기 때문이었다.

"아시겠지만 도독이 새로 임명받게 되면 북진무사 자리가 공석으로 남게 됩니다. 차기 북진무사 자리가 누구에게 돌아갈지는 아무도 모릅니다. 하지만 큰 공을 세우면 북진무사를 차지할 수도 있겠지요."

이한열이 대답을 촉구하면서 영전을 약속했다.

제기 범영수가 북진무사에 임명받게 된다면 엄청난 승진이었다. 단숨에 금의위의 이인자 자리를 차지하는 셈이었다.

"제가 오중정을 처리하겠습니다."

범영수가 결단을 내렸다.

스팟!

그의 눈에서 칼날처럼 날카로운 예기가 튀어나왔다가 사라졌다. 주위를 난도질할 정도로 가공할 기세가 범영수의 몸에서 도도하게 휘몰아쳤다.

"여기에 나를 흥분시키는 고수가 있었네."

주수선이 범영수를 바라보며 호승심을 불태웠다.

황실은 생각지도 못한 곳에서 고수들이 툭툭 튀어나왔다.

"군주 마마를 감당할 정도는 아니옵니다."

바짝 다가서고 있는 주수선을 바라보면서 범영수가 난감해했다. 금방이라도 출수할 것 같은 주수선 때문에 범영수가 곤란한 표정을 지었다.

"촌각을 다투는 일입니다. 그러니 지금 당장 오중정의 수급을 자르러 가십시오."

"다녀오겠습니다."

범영수가 서둘러 자리에서 벗어났다.

휘익!

땅을 박찬 그가 한 마리 새처럼 동창이 위치하고 있는 방향으로 날아갔다.

"너!"

주수선이 이한열을 쏘아보았다.

"차후에 손을 섞을 기회가 얼마든지 있을 겁니다."

주수선의 날 선 반응에 이한열이 대수롭지 않게 넘겼다.

슥!

이한열이 주수선을 바라보면서 살짝 눈치를 줬다.

너무 앞에 나서서 설친 것 같아 예의가 아닌 걸 우려하기도 했지만, 이내 마음에서 지워 버렸다.

'사소한 일을 따질 정도로 섬세한 분이 아니지.'

황녀임에도 불구하고 참으로 털털한 성격을 가진 주수선이었다. 성격파탄녀라는 단점이 있기는 했지만 장점도 상당했다.

"가서 할 일을 해! 그리고 금의위 도독의 위치에 제격이라는 사실을 보여 줘."

주수선이 마무리를 지었다.

"명을 받듭니다. 잠시 뒤 태화전에서 뵙겠습니다."

서덕형이 고개를 조아린 뒤 주수선의 앞에서 물러났다.

그가 본격적으로 활약하기 시작했다.

"지금 이 시간부로 금의위의 진정한 힘을 보여준다. 우리는 황실을 수호하는 막강 금의위다."

서덕형이 위풍당당하게 외쳤다.

감히 범접하지 못할 강렬한 위엄이 그의 전신에서 뿜어져 나왔다.

"와아아! 우리는 금의위다."

"황실을 수호하자."

"반역자들을 체포하라!"

"반역자들로 감옥을 가득 채워버리자."

금의위 위사들이 기세를 드높였다.

황자지란에서 벗어나 자중자애하고 있던 그들이 마침내 본격적으로 활약하려고 하였다. 하늘을 찌를 듯한 강렬한 기세가 금의위 위사들에게서 흘러나왔다.

슥!

고개를 돌린 주수선은 서덕형의 행동에 관심이 없었다.

"이제 어떻게 할까?"

"태화전으로 가야 합니다. 그곳에서 황제 폐하 즉위식을 치르면 황자지란이 끝납니다. 정권 집권 이후 반란자들과 난신적자들을 숙청하면 그만입니다."

이한열이 혼란스러운 황자지란에서 무엇을 해야 하는지 정확하게 파악했다.

"사람들을 회유하는 일은 적성에 안 맞아."

"적들을 토벌하기 위해서는 병력이 필요합니다. 군사를 마련하는 일은 어려운 일입니다. 위급할 때 군사들을 뽑을 수는 있지만 하루아침에 그들을 정예 병력으로 키워낼 수는 없는 노릇입니다. 짧은 시간을 투자하여 금의위를 품 안에 넣으셨으니 대단한 업적을 이루신 것입니다."

이한열이 어린아이처럼 투덜거리는 주수선을 다독거렸다.

"알아. 하지만 나는 머리를 쓰는 일보다 치고받는 전투가 속 편해."

"태화전으로 가면서 전투가 벌어질 겁니다. 그때 마음껏 싸우시면 됩니다."

"정말?"

"반역자들의 발악이 태화전을 중심으로 벌어지고 있습니다. 당연히 강한 고수들도 이곳에 집중되어 있지요."

이한열의 말처럼 태화전에서 밀고 밀리는 치열한 전투가 벌어지고 있었다.

황태자 주윤무가 태화전을 수성하고 있었고, 속속 합류하는 삼 황자의 세력과 이 황자의 일부 무리가 합동으로 공격하고 있었다.

"태화전으로 가기 위해서는 반역자들을 뚫고 지나가야 합니다. 피의 길을 걸어가야 합니다."

"와아! 피로 강을 만들고, 시체로 산을 쌓을 수도 있겠다."

피가 끓는 치열한 싸움을 원하고 있던 주수선이 환호했다.

그녀는 적이 많으면 많을수록 좋았다.

거기다 든든한 이한열이 함께하고 있어 더욱 그녀의 마음이 편안했다.

"큭!"

이한열의 입이 살짝 일그러졌다.

주수선을 모시고 있었지만 피를 보는데 환호하는 모습이 이한열에게는 여전히 적응이 되지 않았다. 괴리감을 느끼고 있었지만 그래도 주수선은 그의 상관이었다.

'제가 성심껏 지원해드리겠습니다. 마음대로 날뛰어보십시오.'

이한열이 작심했다.

절대적인 신뢰를 주는 주수선이 요란하게 날뛸수록 이한열의 움직일 수 있는 폭이 넓어졌다. 그 폭에서 이한열이 얻는 권력이 상당했다.

이한열에게 주수선은 꼭 필요한 존재였다.

필요했기에 지켜줘야 하는 주수선의 성격파탄 부분이 이한열에게 서서히 자연스럽게 느껴지기 시작했다.

본청에 있던 금의위들 가운데에는 천태웅도 있었다.

까마득한 상관인 서덕형이 있었기에 감히 다가서지 못했던 그가 이한열에게 접근했다.

"무사했구나. 정말로 다행이다."

천태웅이 반갑게 이한열을 대했다.

그는 황자지란 와중에 이한열이 다치지는 않았는지 노심초사했다. 이한열에게 달려가고 싶었지만 금의위 본청에 대기하란 명령 때문에 어쩔 도리가 없었다.

"이건 또 뭐야?"

즐거웠던 분위기를 깨고 들어온 천태웅을 보면서 주수선이 눈살을 찌푸렸다.

서늘하게 빛나는 눈을 본 천태웅이 그대로 얼어붙었다. 무언가 잘못되었다는 걸 깨달은 그의 심장이 요란하게 뛰었다.

주수선에게 찍히기라도 하면 천태웅은 죽은 목숨이었다.

"금의위에서 근무하는 제 의형입니다. 제가 어려운 시절부터 지금까지 큰 도움을 받고 있습니다."

이한열이 천태웅을 챙겼다.

"큰 도움? 대수롭지 않아 보이는데……."

주수선이 천태웅의 위아래를 훑어봤다.

"사람과 정보를 다루는 데 있어 탁월한 능력을 지니고 계십니다."

"그렇다고?"

"혼란스러운 정국에서 제가 대처할 수 있도록 조언을 해주셨습니다. 제 뇌리에서 흐릿하던 계획이 또렷한 형상을 드러내도록 한 일등공신입니다."

호감을 느낄 수 있도록 이한열이 천태웅을 치켜세웠다.

'자신의 이익과 관련되어 있는 사람과 정보라는 부분에서는 분명히 큰 강점을 발휘하고 있지. 그 이외에는 관심이 적은 편이지.'

강점과 단점이 분명한 의형인 천태웅은 이한열의 최측근이었다.

그의 측근들이 황실에서 요직을 차지하면 향후의 관직 생활을 해나가기가 좋았다. 황실에서는 독불장군이 통하지 않았다. 아래에서 밀어주고 위에서 끌어올려 줘야 오랜 시간 권력을 유지할 수 있었다.

뒷배가 없으면 관직에 나가지 말라는 말이 있을 정도로, 주변에 사람이 없으면 언젠가는 산산조각이 난다. 그런 사태를 막기 위하여 이한열이 부단하게 애를 썼다.

"나쁘지는 않은 사람이네."

주수선이 천태웅에 대한 불만을 풀었다.

그녀의 몸에 흐르던 차가운 기운이 사라졌다.

'휴우! 살았다.'

금방이라도 울 것 같은 표정이었던 천태웅이 속으로 안도의 한숨을 내쉬었다.

"사람과 정보를 잘 다룬다고?"

"과찬이십니다."

"뭐라고? 이한열이 거짓말을 했다는 거야?"

"아닙니다."

"이랬다 저랬다 뭐라고 하는 거야? 똑바로 말해."

주수선이 뾰족한 목소리로 말했다.

이에 화들짝 놀란 천태웅이 도와 달라는 눈빛으로 힐끔 이한열을 쳐다보았다. 흘러가는 분위기를 지켜보고 있던 이한열이 담담하게 입을 열었다.

"뭘 그렇게 두려워하십니까? 있는 그대로 군주 마마께 말씀하시면 됩니다."

천태웅은 주수선의 위치에 겁을 먹은 듯한 모습이었다.

'상명하복에 익숙한 형님의 단점이네.'

이한열이 적극적으로 개입하지 않고 약간 방관했다.

아랫사람들이나 동등한 사람들과 있을 때 천태웅은 자유롭게 행동했다. 알아서 척척 일을 풀어나갔고, 다른 사람들의 문제까지 처리하였다.

맹목적인 충성을 강요하는 황실 문화와 기강이 엄격한 금의위 생활이 주수선 앞에서 천태웅을 얼어붙게 만들었다.

금의위는 황실 수호가 최우선 임무이다.

황족이 죽으라고 하면 죽는시늉까지 해야 하는 조직이었다. 실제 천태웅은 신입 때 상부로부터 황족의 명령에 무조건 복종해야 한다고 철저하게 교육받았다.

그 교육의 여파가 아직까지도 천태웅의 머릿속에 깊이 남아 있었다.

'단점에서 탈피해야 합니다.'

이한열이 웃으며 당황스러운 표정의 천태웅을 즐거운 시선으로 바라보았다.

사람의 체질을 개선하기 위해서는 뿌리째 깊숙하게 박힌 생각을 뽑아내야만 했다.

생각을 유연하게 변경할 수 있도록 이한열이 친절하게도 기회를 제공해 줬다. 하지만 정작 그 기회를 접한 천태웅은 금방이라도 무너질 것처럼 보였다.

"뭘 어려워하는 거야? 자꾸 그러면 고추 떼어버려."

주수선이 공포에 쐐기를 박아버렸다.

"헉!"

기겁성을 토한 천태웅이 황급히 두 손으로 사타구니를 가렸다.

"이참에 환관으로 만들어 버릴까?"

주수선이 천태웅을 향해 걸어가면서 사타구니를 뚫어져라 바라보았다.

"제발 봐주십시오. 저는 환관이 정말 싫습니다."

잔뜩 겁먹은 천태웅이 허겁지겁 뒤로 물러났다.

그런 천태웅을 보면서 주수선이 싱긋 웃어 보였다.

"괜찮아. 떼고 나면 허전하지만 차츰 시간이 지나면 익숙해질 거야."

부르르! 부르르!

공포에 젖은 천태웅의 몸이 태풍을 접한 사시나무처럼 흔들렸다. 하얗게 비어버린 천태웅의 머리에서 마치 혼백이 사라진 것처럼 보였다. 허무한 눈빛의 그가 멍하니 허공을 응시하였다.

"진짜로 지금 떼어버려야겠어."

짓궂은 미소를 지은 그녀가 손을 가만히 들어 올렸다.

스으으! 스으으!

날카로운 예기가 그녀의 손날을 타고 흘렀다.

"간다."

주수선이 손을 휘둘렀다.

휘이잇!

수기가 초승달 모양으로 휘어지면서 천태웅의 사타구니를

향해 쇄도했다.

"안 돼!"

보물 일호를 향해 날아드는 수기를 본 천태웅이 소리치면서 허리춤에 손을 가져갔다.

휘리릭! 휘리릭!

기병 비룡포대가 쫙 펼쳐지면서 그의 사타구니를 수호했다. 한 마리 용처럼 표홀하면서도 위력적으로 비룡포대가 꿈틀거렸다.

파스스! 파스스!

비룡포대를 접한 수기가 허공에서 그대로 사라졌다.

"이건?"

반사적으로 비룡포대를 사용한 천태웅이 놀랍다는 표정을 지었다.

사실 그를 다치게 할 마음이 전혀 없었던 주수선에게 너무나도 휘둘렸다.

수기는 아무런 위력도 없는 허초였다.

냉정하게 살폈다면 천태웅이 허초라는 걸 알아봤을 테지만, 너무나 당황했기에 미처 알아차리지 못했다.

"지금 내 앞에서 감히 병기를 꺼내 들고 날뛴 거지? 황족을 시해할 모양이구나."

주수선이 눈을 부릅뜬 채로 천태웅을 노려보았다.

하얗게 질린 얼굴의 그가 이번에는 황족시해라는 죄까지 뒤집어쓰려 하고 있었다. 황족시해는 구족이 멸절되고도 남을 죄였다.

'여보! 얘들아!'

가족들을 떠올리고 있는 천태웅의 머릿속이 깜깜해지기 시작했다. 이대로 죽을 수는 없었던 그가 어렵사리 입을 열어 변명했다.

"그것이 아니오라 제 보물을 향해 수기가 날아들어……."

천태웅이 제대로 대처를 하지 못하고 쩔쩔맸다.

"뭐가 보물인데? 말해 봐."

"보물이 아니오라……."

"아까처럼 또 횡설수설하는구나."

주수선의 놀림에 천태웅이 당황해 했다.

"이제 그만하시고 태화전으로 가시지요."

재미있게 구경하고 있던 이한열이 끼어들었다.

"가자."

주수선이 천태웅에게서 관심을 꺼버렸다.

놀리는 게 재미있기는 하지만 그녀의 피를 끓어 올리게 할 정도는 아니었다.

사박! 사박!

그녀가 성큼성큼 태화전을 향해 나아가기 시작했다.

"따라오십시오."

이한열이 멍한 표정의 천태웅을 일깨웠다.

눈앞에서 주수선이 멀어지고 나서야 천태웅은 상황이 정리되기 시작했다. 어이없는 상황에 몰렸던 사실에 화가 나기도 했지만 그건 잠시뿐이었다.

'휴우! 살았구나. 단순히 놀리셨을 뿐이야.'

천태웅이 안도의 한숨을 크게 내쉬었다.

"순진한 분이십니다."

"알았네. 그래서 더욱 무서운 분이기도 해."

이한열과 천태웅이 서로 바라보면서 웃었다.

순수하기에 즐거워하며 당황스러워하는 사람의 가슴에 비수를 팍팍 꽂아 넣을 수 있었다.

황실에서 예의범절 교육을 철저하게 받았지만, 확실히 주수선은 정상이 아니었다.

"뭐 하고 있는 거야? 빨리 가자."

주수선이 재촉했다.

"갑니다."

이한열이 주수선에게로 빠르게 다가갔다.

그의 뒤를 천태웅이 따랐는데, 주수선에게서 은근하게 멀리 떨어지려고 하는 기색이 역력했다.

천태웅에게 마음에 주수선이 여전히 부담스러운 존재로

남아 있었다.

"장난 좀 쳤다고 질색인 표정이라니 사내자식이 소심하네."

주수선이 천태웅을 놀렸다.

"……."

졸지에 소심한 사내자식이 된 천태웅에게는 주수선이 참으로 힘든 윗사람이었다.

第七章

문화전대학사

채앵! 챙!

금속성 소리가 요란하게 울렸다.

날카로운 병기를 든 사람들이 적들을 가차 없이 유린했다. 병기들이 스치고 지나가는 자리에 유혈이 낭자했고, 사지가 절단됐다.

죽고 죽이는 끔찍한 광경이었다.

무서운 속도로 사상자가 속출했다.

"죽여라."

"살려 줘."

"아아악!"

"크아아악!"

태화전을 둘러싸고 난전이 벌어졌다.

황태자와 이 황자, 삼 황자의 세력이 격렬하게 부딪치고 있었다. 황태자와 삼 황자의 세력이 총력전을 펼치고 있었고, 이 황자의 무리가 삼 황자 측을 도와 황태자 병력을 공격했다.

"반역 무리들을 쓸어버려라!"

"무능한 황태자를 황제로 올리려고 하는 저놈이야말로 종묘사직에 반역을 일으킨 놈이다!"

잘났다고 외치는 무리들이 서로 상대방을 나쁜 놈이라고 몰아붙이면서 싸웠다. 대의명분이 중요했지만 이젠 크게 문제가 되지 않았다. 태화전을 둘러싸고 벌어지는 난전에서 승리하는 자가 승리자가 된다.

치열한 난전이 벌어지며 어느 한쪽으로 무게의 추가 기울어지지 않고 있을 때였다.

콰자자작! 콰자작!

후방에서 날아든 가녀린 신형의 한 여인이 삼 황자를 지지하는 밀직부사 왕유소의 병사 진영으로 뚝 떨어졌다.

콰아아아! 콰아아아!

공기가 사방으로 빠져나가는 소리가 요란하게 울렸다.

파랗고 붉은 장영들이 사방으로 난무했다.

"크아악!"

"케액!"

"크으으악!"

붉은 장영에 적중된 병사들이 시커멓게 타서 연기를 뿜어내며 털썩 허물어졌다. 파란 장영에 맞은 병사들이 하얗게 얼어붙어서 통나무처럼 딱딱하게 넘어갔다.

"헉! 누구냐?"

깜짝 놀란 왕유수가 고개를 돌렸다.

그의 시야에 검은 머리카락을 휘날리면서 즐거워하고 있는 아리따운 여인의 모습이 잡혔다. 멀지 않은 곳에 위치한 그녀를 본 왕유수의 안면이 창백하게 변했다.

"천방지축 주수선……."

"잘 만났다. 왕유수!"

연신 병사들을 장영으로 때리고 있던 주수선이 왕유수를 발견하고 소리쳤다.

휘잇!

이한열이 주수선을 노리고 날아드는 창 앞으로 모습을 드러냈다.

퍼억!

창날이 이한열의 가슴을 뚫지 못하고 그대로 멈췄다.

빠악!

이한열의 철사장이 병사의 얼굴을 그대로 가격했다.

"끄악!"

함몰된 얼굴의 병사가 그대로 널브러졌다.

"제가 엄호할 수 있는 거리에 있으셔야 합니다."

이한열이 주수선을 보면서 말했다.

"네가 느린 거야."

"차후에 빨라질 수 있도록 강구하겠습니다."

주수선의 핀잔에 이한열이 해결책을 내놓았다.

이한열은 천리독행 경신법을 발휘하여 날아가는 주수선을 따라가기가 버거웠다. 그는 외문무공을 중점적으로 수련하였기에 경신법에서 약했다.

'외공이 일정수준에 올라서면 자연스럽게 신체에 내력이 쌓인다. 두 마병과 모산천검을 이용하면 빠르게 움직일 수 있어.'

일정수준에 올라선 이한열이 두 개의 마병과 한 개의 요검을 이용하면 경신법을 제대로 펼치는 것이 가능했다.

"저기 뚱뚱한 놈이 밀직부사 왕유수야. 재수 없게 생긴 저놈을 박살 내러 가자."

"알겠습니다."

이한열이 고개를 끄덕였다.

휘잇!

주수선이 병사들의 틈바구니에 있는 왕유수를 향해 일직선으로 달려갔다.

퍼퍼퍽! 퍼퍼퍽!

주수선이 병사들에게 장영을 난무했다.

교묘하게 움직이는 그녀의 장영이 병사들을 찌르거나 후려쳤다. 하나같이 강력한 힘을 가지고 있었기에 병사들이 속절없이 쓰러졌다.

"막아라! 뚫리지 말고 막으란 말이다."

왕유수가 부하들에게 발악적으로 외쳤다.

스윽!

피로 붉게 목욕을 한 주수선이 왕유수의 앞으로 나타났다.

"항복, 항복입니다."

왕유수가 두 팔을 번쩍 치켜 올렸다.

"개 풀 뜯어먹는 소리 하고 자빠졌네. 이제 네놈이 자빠져야 할 시간이다."

주수선이 왕유수를 향해 돌진했다.

다다다! 다다다다!

퍼억!

주수선의 어깨와 정면으로 부딪친 왕유수가 피 분수를 뿌리면서 하늘 높이 솟구쳐 올랐다.

"이야! 잘 날아가네."

눈 위에 손을 올린 주수선이 자신이 만든 작품을 감상하며 즐거운 시간을 보냈다.

푹! 푸욱!

파직! 우지끈!

주수선을 노리고 사방에서 쇄도하는 창검을 이한열이 맨몸으로 막았다.

퍼억! 콰자자작!

이한열의 발과 주먹이 저를 공격한 사람들을 공격했다. 강력한 힘이 실린 팔다리의 공격에 얻어맞은 사람들이 제자리에서 쓰러졌다. 그들은 최소 뼈가 부러지는 중상을 입었고, 재수가 없는 경우 곧바로 절명했다.

"이야호! 여기가 바로 만찬장이네."

주수선이 다음 먹잇감을 찾아서 날뛰었다.

그녀의 장영에 부딪친 이름 모를 병사의 머리가 산산이 박살 났다. 적들에게 무지비한 공격을 날리는 그녀의 눈빛이 서늘하면서도 투명했다.

난전에서 주수선이 발군의 실력을 뽐냈다.

콰직! 콰지직!

이한열의 몸에 작렬한 병기들이 그대로 부러져나갔다.

주수선이 모든 실력을 마음껏 표출할 수 있도록 이한열

이 옆에서 방패 역할을 제대로 했다. 이한열이 있었기에 주수선이 마음껏 날뛸 수 있었다.

"정통성을 가지고 계신 황태자를 노리는 반역도들을 쓰러뜨려라!"

"와아아아!"

"와아아아아아! 반역도들을 정리하자."

뒤쪽에서 요란한 함성과 엄청난 수의 병력들이 밀려왔다. 족히 삼만을 넘어가는 대병력의 등장에 난전을 벌이고 있던 사람들의 표정이 극과 극으로 바뀌었다.

주수선이 금의위를 손에 넣자, 방관하고 있던 무리들이 일제히 황태자 진영에 합류했다. 자금성을 수호하는 최고 지휘자 구문제독 이겸환의 합류가 결정적이었다. 순식간에 주수선을 따르는 무리가 삼만이 넘어섰다.

"함께 싸우겠습니다."

이름 모를 장수 한 명이 주수선 옆으로 와서 얼굴도장을 찍으려고 했다.

"첫! 승패가 결정되니까 합류하는 기회주의자 놈들."

주수선이 장수에게 곱지 않은 시선을 보냈다.

"새롭게 합류한 자들이 있기에 난전이 보다 일찍 정리될 겁니다. 노여움을 가라앉히십시오."

"그게 아니었다면 기회주의자들을 받아들이지 않았어."

"잘 생각하셨습니다."

"칫!"

주수선이 혀를 찼다.

어느 틈에 다가왔던 장수가 바람처럼 사라져 있었다.

주수선이 불쾌한 기분을 풀어내기 위해 더욱 요란하게 날뛰기 시작했다. 적들의 머리를 박살 내고, 몸통을 터트렸다. 그녀가 지나가는 자리에 피와 육편들이 난무했다.

무지막지한 광경에 고개를 가로젓는 이한열이 피와 육편들을 맞아가면서 주수선을 철통 호위했다.

"내가 있는 한 누구도 군주 마마의 옥체에 손을 댈 수 없다."

이한열이 큰소리로 외치면서 자신의 존재를 주변 사람들에게 각인시켰다.

'자기를 스스로 알려야 하는 시기야.'

차후에 있을 논공행상에 있어 전공이 알려질 수 있도록 난전에서 이한열이 자신에 대해서 알렸다.

"헐! 도검이 통하지 않아."

"금강불괴야?"

"크윽! 칼이 통하지 않는 저 사람과 싸우기 싫어."

적들은 이한열을 바라보면서 경악했다.

치를 떠는 이들 일부가 이한열에게 멀어졌다.

고수들도 칼에 찔려 치명상을 입으면 죽는다.

그래서 고수를 상대로 일반병사들이 승리하는 경우가 발생한다. 그렇지만 일반병사의 입장에서 도검이 통하지 않는다면 이한열을 어떻게 할 도리가 없었다.

일반병사들의 입장에선 무지막지한 살상력을 보여주고 있는 주수선보다 칼이 통하지 않는 이한열이 더욱 괴물 같았다.

퍼퍼퍽! 퍼퍼퍽!

콰직! 우직! 우지끈!

주수선과 이한열이 지나가는 자리에 요란한 소리가 울렸다. 그들이 지나갈 때마다 시산혈해가 만들어졌고, 적들이 사방으로 도망 다녔다.

그들 주변에서 새롭게 합류한 자들이 전의를 잃어버린 적들을 상대로 미친 듯이 신 나게 싸웠다.

팽팽하던 싸움의 추가 급격하게 황태자 진영으로 기울어졌다. 걷잡을 수 없을 정도로 난전에서 밀리자, 적들이 도망을 치거나 항복했다.

"우와아아아! 황태자 만세!"

"황제 폐하 만세!"

"우와아아아! 이겼다. 승리했다."

황태자 진영의 사람들이 환호했다.

수많은 사람들의 환호성 소리가 자금성에 울려 퍼졌다.

"마지막이 참으로 허무하네."

주수선이 공허한 눈빛을 하고 있었다.

그녀 주변에 박살 나서 쓰러진 시체들이 상당했다.

피로 목욕을 한 그녀의 의복은 원래의 색을 잃은 채 타오를 것처럼 온통 붉었다. 머리카락에서 선홍빛 핏물이 뚝뚝 떨어졌다.

"……."

이한열이 그녀의 옆에서 말없이 서 있었다.

그는 완전히 넝마조각이 된 옷을 입고, 아니 걸치고 있었다. 여기저기 찢겨지고 베어진 옷 사이로 뽀얀 살결이 모습을 드러냈다.

"보기가 나쁘지는 않지만, 천잠사와 교룡의 힘줄로 만든 옷 한 벌 사줘야겠네."

싸울 때마다 민망한 광경을 연출하는 이한열에게 주수선이 특별한 선물을 주기로 마음먹었다.

천잠사!

야잠의 일종인 천잠의 고치에서 뽑은 실로 만든 천잠사는 강철처럼 단단한 가운데 탄력성이 가미되어 있다. 천잠사와 질기기로 유명한 교룡의 힘줄을 이용해서 옷을 만들면 천하의 보의가 된다.

"감사하게 받겠습니다."

대저택보다 더 비싼 옷을 선물 받게 된 이한열이 고개를 숙였다.

"아직 어화원에 이 황자의 무리가 남아 있습니다."

"됐어. 그들은 다른 사람들이 알아서 처리하겠지. 오라버니 옆에 있을래."

황자지란은 황태자 주윤무의 승리로 이미 결정 난 것이나 진배없었다. 어화원에 있던 이 황자의 무리와 방관하고 있던 무리들은 결집된 황태자의 힘을 결코 버티지 못한다.

어부지리를 노린다는 이 황자 진영의 생각은 좋았지만, 난전이 너무나도 빠르게 결판났다. 자금성 싸움의 대세가 황태자에게 기운 순간 눈치를 살피던 자들이 황태자에게 힘을 실어 줬다.

방관하던 무리들을 끌어들인 주수선과 이한열의 공이 지대했다.

허무한 싸움의 끝을 경험한 주수선이 태화전에 남기로 결정했다. 무지막지하게 싸우며 적들에게 공포를 선사한 그녀의 얼굴에 공허함이 서려 있었다.

이한열이 그녀를 바라보며 담담히 입을 열었다.

"고생하셨습니다."

"너도 수고했다."

"들어가자."

"네."

주수선이 태화전으로 성큼성큼 걸어갔다.

그 뒤를 따라가는 이한열의 입가에 진한 미소가 피어났다.

이 황자와 삼 황자가 황자지란 와중에 죽은 뒤, 황태자 주윤무가 태화전에서 정식으로 즉위했다.

황제가 된 그는 선대 황제의 시호와 묘호를 지어 올리고, 황릉에서 장사지내고 능호를 강릉이라고 하였다.

이제까지 황실 내전의 실권자로 있던 원성황비와 덕양황비가 궁에 유폐되었고, 황태자비가 선정황후의 자리에 올랐다.

선정황후가 황실 내전에서 가장 큰 힘을 발휘해야 했지만, 진정한 실력자는 주윤무를 황제로 올리는 데 있어 혁혁한 공을 세운 주수선이었다.

주윤무는 어리석지만 현명한 황제였다.

주색을 탐하는데 여념이 없던 황제는 정사를 돌보는 데 있어 소홀했다.

그렇기에 황제는 인사권 등 권력의 일부를 누이동생인 주수선에게 일부 떼어 주고 조정을 이끌도록 했다. 주수선은 대신들을 다독거리고, 민심 수습하는 임무를 훌륭하게 수행해나갔다.

주수선의 맹활약을 통해 명 황실이 보다 건재해져갔고, 혼란스럽던 민심이 점차 정리가 되었다.

황제에 오른 주윤무가 황자지란을 일으키는 데 커다란 역할을 한 원성황비와 덕양황비를 사형시키려고 했다. 하지만 수많은 대신들이 두 황비의 사형을 막았다.

충효를 내세우고 있는 유교가 득세하는 중원에서 황실의 웃어른인 두 황비를 죽이게 되면 후폭풍이 엄청나게 불어닥친다.

이한열도 똑같은 이유로 당장 두 황비를 때려죽이려고 하는 주수선을 막았다. 반란 과정에서 죽였으면 몰라도, 진압 이후에 사형시키는 건 현실적으로 불가능했다.

그때 이한열이 주수선에게 두 황비를 살려 둔 상태에서 모든 일가친척을 귀양 보내거나 죽이면 그것이 더욱 큰 아픔이 될 것이라고 귀띔했다. 그제야 마지못한 주수선이 두 황비를 향한 살기를 거뒀다.

황제 주윤무에게 역적들을 처리해야 한다고 신하들이 아뢰었다.

"종묘사직을 위태롭게 만든 역적들을 방치하면 안 되옵니다. 신들이 죽음을 무릅쓰고 폐하를 모시게 되었으니 나라를 위하여 결단을 내려주십시오."

"구문제독의 노고가 컸습니다. 짐도 역적들을 이대로 두고 싶지는 않으나 자리를 욕되게 할까 두렵소."

"황공하신 말씀이옵니다."

"이제 위로 열성조의 도움과 아래로 만백성의 성원을 바랄 뿐이오. 특히 경들의 노고가 더욱 필요하게 되었소."

"폐하! 이제 간흉의 무리를 모두 제거하여 모든 법도를 다시 바로 세워야 할 때이옵니다. 먼저 역모에 가담한 무리들을 없애도록 영을 내려주시옵소서."

신하들이 앞다퉈 청했다.

그런 대전의 한쪽 구석에 이한열이 말없이 서 있었다.

새로운 황제 즉위에 힘을 쓴 신하들이 모여 있는 대전이었다. 제대로 힘을 쓴 이한열이 쟁쟁한 고관대작들 사이에서 눈을 빛내고 있었다.

"역적들과 간흉들을 처리하라."

황제가 윤허했다.

중원을 지배하고 있는 황제의 분노가 명확하게 현실로 드러났다.

반역무리에 대한 수사본부인 추국청이 설치됐다.

잡아들일 역적들의 명단이 추국청에서 작성됐다.

이 황자와 삼 황자에 가담한 수많은 역적들이 포박되어

끌려왔다. 두 황자를 추종하던 무리들이 굴비 엮이듯이 잔뜩 사로잡혔다. 황제를 향해 칼날을 들이댄 자들의 가족과 친지들까지 모두 체포됐다.

"네 이놈! 네 죄를 알렸다!"

"무슨 죄를 지었다는 것이오?"

"네놈이 아직도 죄를 뉘우치지 못하는구나. 역시 역적의 친지로다."

"나는 아무것도 몰랐소이다. 죄가 없소이다."

끌려온 자들 가운데 한 중년인이 무죄를 주장했다.

정삼품 관직을 제수했던 그는 북경에서 나는 새도 떨어뜨린다는 세도가 모문가문의 사람이었다. 하지만 그런 모문가문도 이제는 끝장이었다. 이번 황자지란에서 모문가문이 제 이 황자를 지지했다.

그리고 그 결과는 파멸로 이어졌다.

"제 애비가 보는 앞에서 어린 저놈의 목을 쳐라."

"안 됩니다. 제발 재고해 주십시오."

중년인이 눈물을 흘리면서 간곡히 부탁했다.

아직 어린 아홉 살의 아이는 죄가 없었다.

하지만 역모에 엮인 가문의 말로는 이미 정해졌다.

씨몰살!

모문가문의 구족들의 몰살이 이미 황명으로 결정됐다.

"뭣들 하느냐! 어서 끌어내어 처치해라."

"이놈들! 두고 보아라. 너희들의 죄를 귀신이 돼서라도 반드시 갚을 것이다."

형틀에 묶인 자가 미친 듯이 발악했지만, 눈앞에서 자식의 수급이 잘려나가는 걸 막지 못했다.

"아버지! 살려 주세요."

어린아이가 아버지를 바라보면서 눈물 흘렸다.

툭!

망나니의 무정한 칼에 베인 어린 수급이 땅바닥에 뒹굴었다.

"아아악!"

"크흐흐흑!"

살아남은 가족들의 입에서 비명과 오열이 이어졌다.

역모에 가담한 사람들의 수급이 저잣거리에 효수되었다.

이 황자와 삼 황자의 측근들이 속속 처리됐다. 불리함을 알아차리고 달아나거나 숨었던 이 황자와 삼 황자의 잔당들도 계속해서 사로잡혔다.

그들 가운데 역모에 주도적으로 가담한 악질들의 목은 모조리 잘려나갔다. 그나마 죄가 가벼운 자들이 절해고도로 유배를 떠났다. 귀양으로 북경을 떠나는 자의 숫자만 해도 삼천 명의 숫자가 넘어섰다.

북경에서 이 황자와 삼 황자의 무리가 완전히 사라지고 말았다. 화려한 삶을 살았던 그들의 집은 황제의 군사들이 실컷 재물을 약탈한 다음 불길에 사라졌다. 잿더미로 변해 버린 저택들이 흉물스럽게 방치됐다.

역모에 가담한 무리만 사라진 것이 아니었다.

황자지란이 벌어졌을 당시 방조하던 관리와 장수, 금의위 등도 줄줄이 참수를 당했다. 조금이라도 황자지란과 연관된 자들은 황제의 분노에서 벗어나지를 못했다.

실패한 역모에 대한 황제의 피의 숙청이 대대적으로 시작됐다.

숙청과 함께 새로운 정권을 이끌어 나갈 인물들에 대한 관직 임명이 이어졌다.

황태자 시절 주윤무를 지지했던 사람들과 황자자란에서 혁혁한 공을 세운 공신들이 우선적으로 등용됐다. 관직 가운데에서 군사권과 인사권, 국가 재정을 담당하는 핵심 요직은 중요한 인물의 몫이었다.

병조참판, 이조참판, 호조판서 등이 주윤무에게 절대적인 충성을 바친 사람들에게 돌아갔다. 정권을 사실상 이끌어 가는 이조, 병조, 호조 등이 주윤무의 사람들로 채워졌다.

그리고 주수선은 소외된 사람들을 배려했다.

인사권을 가진 그녀가 놀랍게도 민정중을 재상으로 임명하였다. 민정중은 선대 황제 시절에도 재상에 올라 정국을 이끌었던 인물이었다. 혼란스럽던 조정에서 모함을 받아 유배되었던 그는 황태자 주윤무를 반대했었다.

황제가 된 주윤무는 여전히 민정중을 싫어했다.

하지만 명망과 경륜을 지닌 원로 민정중을 주윤무도 기분 내키는 대로 함부로 대하지 못했다.

그런 민정중을 주수선이 재상 자리에 덜컥 올려버렸다.

주수선은 더 나아가 민정중에게 등용할 만한 인재를 추천하라고 지시했다.

인품과 경륜에서 타의 추종을 불허하던 민정중을 재상에 앉힌 조치에 대한 반향은 컸다.

민정중을 등용한 조정과 황실에 대해 조야의 사람들이 새로운 시선으로 쳐다보았다.

정치적 안배를 위해 소수의 관리를 등용했지만, 실상 거의 힘을 쓸 수 없었다. 민정중을 재상으로 임명한 것은 의미 있는 일이었지만, 사실상 새 정권의 생색일 뿐이었다.

민정중이 홀로 고고하다고 해도 이미 자리를 꽉 잡고 있는 황제 충성파와 공신들에게 자신의 주장을 관철시키기 어려웠다.

권력의 실세로 떠오른 황제 충성파와 공신들은 민정중의

명망과 경륜을 인정하면서도 황제가 그에게 힘을 실어 주는 걸 몹시 경계했다.

"문화전대학사를 제수하며, 식읍으로 삼천호를 내린다."

주수선이 이한열을 직접 불러 이야기했다.

"성은이 망극하옵니다."

이한열이 부복했다.

새로운 조정의 진용이 어느 정도 갖춰지는 상황에서, 이한열은 문화전대학사를 제수받았다.

문화전대학사란 직책은 내각의 제사인자로서 오호도독부, 육부, 도찰원 같은 주요기관의 알력을 해소하는 정오품의 황제의 비서관이다. 낮은 품계였지만, 황제의 명을 직접 전달하고 황제에게 영향력을 끼칠 수 있는 자리였다.

조정에는 황제의 비서관인 대학사의 자리가 여섯 개 있었는데, 화개전, 무영전, 문화전, 문연각, 동각, 근신전이 있었고, 이것을 사전이각이라고 부른다. 이들은 황제의 전의 아래에서 일을 해야 했기 때문에 내각이라고 칭한다.

내각대학사들 가운데 동각대학사가 수장이었다.

이한열은 내각대학사들 가운데에서도 특이했다.

그는 황제와 함께 보내는 시간은 거의 없었고, 군주 마마인 주수선과 지내는 시간이 거의 대부분이었다.

황제를 따르고 있지만 이한열은 여전히 주수선의 수족으

로 분류됐다.

"조금이라도 의심이 가는 사람들은 모두 기찰하라. 반역분자들과 공신들에 대한 동창의 기찰을 강화해야 한다. 무슨 말인지 알겠지?"

주수선의 눈빛이 차가워졌다.

공신들은 황자지란에서 이기고 난 후에도 거느리고 있던 사병들을 해산시키려고 하지 않았다. 아직까지 남아 있는 반역무리들이 언제 또 역모를 일으킬지 모른다는 핑계를 내세웠다. 실제로 살아남기 위해서 반정을 꿈꾸는 자들이 있었다.

황제가 새롭게 집권한 지 겨우 한 달 사이에 역모 움직임이 잇따라 세 번이나 포착됐다. 이에 주수선은 경악했고, 정권을 지키기 위해 동창의 기찰을 더욱 심하게 강화시켰다.

"신이 재주가 없는 것을 아시면서 중임을 맡기시니 은혜를 갚으려고 할 따름입니다. 기필코 반역의 무리를 모조리 색출하겠습니다."

이한열이 명을 받들었지만 현재 동창의 기찰 방식에는 문제가 많았다.

동창은 기찰을 하고 있는 의심스러운 인물들에게 군관을 비롯한 인물들을 은밀히 접근시켰다.

"이번 인사는 참으로 불공평해. 황제가 실수를 하는 것이야. 그래서 선대황제 폐하의 숙부님을 새로운 황제로 옹립하려고 하네. 함께하겠나?"

"불만이 많지? 암탉이 울면 집안이 망한다는데, 황실에서 주수선이 미친 듯이 설치다니 참으로 말세야."

동창의 요원들이 기찰 대상자들에게 불공정한 인사를 불평하고, 변화된 상황에 대해서 불만을 토로했다. 그러면서 은근슬쩍 역모를 꾀하고 있다고 먼저 고백하여 기찰 대상자의 마음을 뒤흔들었다.

악랄한 함정수사였다.

"새로운 세상을 여는 일에 함께 하겠네."

"여자가 나서서 좋은 꼴 본 적이 없지."

함정수사에서 기찰대상자가 약간이라도 동조하거나 긍정적인 반응을 보이면 그를 잡아다가 족쳤다.

동창의 주도로 펼쳐지고 있는 공포의 공작정치였다.

철저한 은막에 가려져 있지만 공작정치에 걸려 형장의

사라진 수급만도 상당히 많았다.

사람들이 잔뜩 죽어 나가니 소문이 안 날 수가 없었다.

"함부로 입을 열다가 쥐도 새도 모르게 죽을 수 있다."

"낮말을 새가 듣고, 밤말을 쥐가 듣는다. 불평불만은 동창을 비롯한 황제의 정보기관이 듣는다. 죽고 싶지 않으면 불평하지 마라."

황제 직속정보기관의 기찰의 후유증은 컸다.

불신 풍조가 심해질 수밖에 없었다.

병력을 거느리고 있는 무장들은 기찰에 대한 두려움 때문에 몸을 사렸다. 훈련을 목적으로 병력을 이동시키려 해도 동창의 눈을 의식해야만 했다. 자연히 군사 훈련마저 위축될 수밖에 없었다.

하지만 주윤무와 주수선은 기찰의 폐해를 알고 있었지만 어렵게 잡은 정권이 역모에 무너지지 않기 위해 동창을 더욱 강화시켰다.

자연히 정국이 혼란스러워졌다.

혼란스러운 와중에 논공행상이 벌어졌다.

정사공신 구십구 명을 선정했다.

여기서 정사란 반란을 진압시키고 종묘사직을 바르게 세웠다는 의미이다. 일등공신이 열 명, 이등공신이 서른 명, 나머지가 삼등공신이었다.

이한열은 이등공신 가운데 첫머리에 놓여졌다.

황대목을 쓰러뜨려 삼 황자의 진영을 무너뜨리는 단초를 제시했고, 맨몸으로 주수선을 보호한 혁혁한 공이 높게 평가됐다.

일등공신들은 최소한 천 명 이상의 병력을 이끌거나 정국에 막대한 영향을 끼칠 수 있는 고관대작들이었다.

이한열은 단신으로 그런 일등공신들 바로 뒤에 서는 영광을 안았다.

*　　*　　*

문화전!

문화전대학사로 영전한 이한열이 넓은 집무실 안에서 안락한 의자에 편안한 자세로 앉아 있었다.

"대인! 부르셨습니까?"

문화전에 소속된 학사 한후익이 이한열에게 깊숙하게 고개를 숙였다.

슥!

이한열이 의자에서 일어나 한후익을 응대하였다.

"어서 오시오."

이한열이 웃으며 아랫사람인 한후익을 존중해 줬다.

'아! 좋으신 분이구나.'

후한 예우를 받은 한후익이 고개를 더욱 조아렸다.

사슬 그는 황자지란에서 막돼먹었고 피를 보는 데 혈안이 되었던 자가 상관으로 온다고 해서 잔뜩 긴장했다. 그런데 실제로 본 이한열은 풍채가 좋고 눈빛도 부드러우면서 선했다.

말과 행동의 겉모습을 아무리 보아도 사람의 내면의 마음을 알 수 없다. 황자자린에서 이한열은 이익을 탐내고 높은 신분의 주수선에게 붙어 살행을 저지르는데 무자비했다.

이한열은 겉포장을 훌륭하게 잘하는 사람이었다.

'또 한 명 낚았군.'

이한열이 감격해 하는 한후익을 보면서 좋아했다.

한후익은 문화전에서 오랜 시간을 보낸 관리로 문장과 재기가 뛰어났다. 그가 쓴 통문을 황제가 그대로 인용한 적도 있었다.

"이쪽으로 앉으시오."

이한열이 손님을 응접할 수 있는 의자에 앉으면서 앞자리를 가리켰다.

"감사합니다."

한후익이 조심스럽게 이한열의 맞은편에 앉았다.

"그대를 부른 건 문화전에 대해서 잘 모르니 앞으로 많은 걸 알려달라고 부탁하기 위함이오."

"천만의 말씀이십니다. 앞으로 제가 잘 부탁드립니다."

한후익이 탁자에 닿을 정도로 머리를 굽혔다.

대우받기 원하는 이한열은 아랫사람들이 굴종하기를 원했다.

그가 일방적으로 강요하지 않고 아랫사람들을 감복시켜 알아서 기도록 만들었다. 힘과 지위를 내세우는 것보다 감복시키는 편이 훨씬 더 효과가 좋다.

이한열은 사람을 다루는 데 있어 탁월한 능력을 지녔다.

"불편한 점은 없나요?"

"편안합니다."

"문화전의 예산을 전보다 두 배 이상 받을 수 있도록 위에 부탁했지요. 사용하시고 부족하면 언제라도 말씀해 주세요."

"헉! 두 배나 많은 예산이 배정된다고요?"

한후익의 눈이 동그래졌다.

혼란한 정국과 황자지란을 거치며 황실재정이 어려워지면서 각 부처의 예산이 줄어드는 실정이었다. 그런데 반대로 문화전의 예산이 늘어났다.

“최소로 두 배이고, 더 늘어날 수도 있어요.”

“대단하십니다.”

한후익이 존경스러운 눈빛을 마구 뿌렸다.

이한열의 파격적인 승진 뒤에는 주수선이 자리 잡고 있었다. 황실에서 강력한 힘을 발휘하는 주수선이 이한열을 팍팍 밀어줬다. 게다가 황자지란에서 가공할 실력과 엄청난 수의 병력을 끌어드는 점 등을 윗사람들이 좋게 봤다.

주수선이 대놓고 이한열에 대한 호감을 드러내고 있었고, 구문제독도 황자지란을 빨리 종지부 찍게 만든 이한열을 좋아했다.

예산을 집행하는 사람들과 기관에서도 이한열을 함부로 대할 수 없었다.

“제가 조금 바쁩니다.”

“알고 있습니다.”

한후익이 고개를 끄덕였다.

문화전대학사의 자리에 앉은 이한열은 동창과 금의위에서도 활동을 하고 있었다. 막중한 책임과 많은 업무를 담당하고 있는 그는 몸이 열 개라도 부족한 실정이었다.

"문화전의 대소사를 맡아서 이끌어 주세요."

"감히 제가 어떻게 그런 막중한 책임을 맡을 수 있겠습니까? 말씀을 거둬 주십시오."

"일을 잘한다고 들었습니다. 전임 대학사의 일도 대부분 처리했다면서요?"

"조금 거들었을 뿐입니다."

"저는 그냥 거들게 할 생각이 없어요. 그에 맞는 품계와 그에 어울리는 녹봉이 한후익 학사에게 돌아갈 겁니다. 지금처럼 소신껏 일을 열심히만 하세요."

이한열이 호쾌하게 말했다.

부르르! 부르르!

한후익이 몸을 떨었다.

문화전의 학사들의 품계는 딱딱하게 정체되어 있었다.

올라가고자 하는 사람들은 많지만 자리는 한정되어 있었다. 올라가기 위해서는 윗사람에게 뇌물을 바치고, 달콤한 아첨을 해야만 했다.

돈도 없고 아첨도 할 줄 모르는 한후익은 실력이 있어도 승진을 하지 못하고 있었다.

그런데 지금 그의 능력을 알아봐 주는 이한열이 떡하니 나타났다.

"정말이십니까?"

뇌물을 바치지 않고 아첨을 하지 않아도 승진할 수 있다는 사실에 한후익은 믿기지가 않았다. 아무것도 하지 않았는데 알아서 챙겨 주는 상관을 만난 적이 없었다.

"황궁에 허언은 없는 법이지요. 그리고 그대에게 뇌물을 받는다고 해도 그건 제게 푼돈밖에 되지 않아요. 푼돈 때문에 구설수에 오를 필요가 없지요."

불쾌해질 수도 있는 사실을 이한열은 가감 없이 내뱉었다.

그런 이한열의 모습이 한후익에게 더욱 큰 신뢰를 줬다.

"최선을 다해 일하겠습니다. 대인을 보필할 수 있게 되어 참으로 영광입니다."

한후익이 땅에 닿도록 허리를 숙였다.

그는 이한열을 위해서라면 지옥 불구덩이까지 뛰어들 마음을 먹었다.

'내가 주는 돈도 아닌데 마음을 얻을 수 있다면 아낌없이 팍팍 써야지.'

이한열이 환한 웃음을 지었다.

다른 사람이 볼 때는 사람 좋아 보이는 그런 웃음이었다.

겉모습 포장과 말에 항상 신경을 쓰는 이한열이었다.

속임수에 속은 또 한 명의 사람이 자발적으로 이한열의 건실한 부하가 되었다.

"금의위 위사 천태웅이 대학사님의 부름을 받고 찾아왔습니다."

밖에서 아뢰는 목소리가 울렸다.

문화전대학사가 된 뒤로 이한열 전담 시종까지 생겨났다.

출세한 이한열의 팔자가 무척이나 편안해졌다.

"안으로 들라 하게."

이한열이 말했다.

스륵!

문이 부드럽게 열리면서 천태웅이 집무실 안으로 들어섰다.

"문화전대학사님을 뵙습니다. 찾으셨다는 전언을 듣고 왔습니다."

천태웅이 이한열에게 정중하게 고개를 숙였다.

"어서 오시오."

이한열이 고개를 끄덕이며 천태웅을 반겼다.

한후익이 있었기에 의형인 천태웅을 대하면서 그가 하오체를 사용했다. 품계가 높은 이한열이 황실에 천태웅에게 공석에서 존댓말을 사용한다는 건 어려웠다.

"대인! 하실 말씀이 모두 끝난 듯 보이니 저는 이만 가보겠습니다."

이한열이 천태웅과 할 이야기가 있다는 사실을 안 한후익은 물러나겠다고 이야기했다.

"물러가게."

"물러가겠습니다."

한후익이 고개를 깊숙하게 숙인 뒤에 조심스러운 걸음으로 집무실을 빠져나갔다. 조심스러운 걸음걸이 하나하나에 이한열에 대한 존경심이 듬뿍 묻어났다.

"형님! 여기에 앉으시고, 이제 둘만 있는 사석이니 편하게 말씀하세요."

이한열이 웃으며 말했다.

"그럴 수는 없습니다. 황궁에서 근무하는 와중에 사석이 어디에 있겠습니까?"

의자에 앉지 않고 여전히 서 있는 천태웅이 정중하게 말했다.

"정중하게 대하면 아우가 불편합니다."

"황궁 밖에서는 편안하게 말을 놓겠습니다. 하지만 황궁과 공적인 자리에서는 문화전대학사님께 존대를 하겠습니다."

천태웅이 정중함을 잃지 않았다.

그가 이한열을 대하면서 한 치도 예의에 어긋나는 모습을 보이지 않았다.

"알았어요. 형님의 쇠심줄처럼 질긴 고집을 말릴 수가 없네요."

이한열이 손사래를 치면서 물러났다.

하지만 그의 속내는 달랐다.

'아래 품계의 형님에게 황궁에서 존대를 사용할 수는 없는 노릇이지.'

이한열은 한후익이 있는 시간에 고의로 천태웅을 불렀다.

천태웅의 낮은 위치를 자각시킬 의도였다.

의도가 훌륭하게 적중되었고, 천태웅이 그를 상관으로 정중하게 모셨다.

'채찍으로 때렸으니 이제 당근을 줘야지.'

이한열이 천태웅에게 준비한 보상을 천천히 꺼내려고 했다.

"요즘 바쁘지요?"

"황실을 위한 일에 어찌 바쁨이 있겠습니까?"

이한열은 금의위 위사들이 눈코 뜰 새 없이 바쁘다는 사실을 잘 알았다. 협력인사로 있는 이한열도 금의위의 협조 요청으로 인해 몸이 열 개라도 부족했다.

"윗사람을 대하는 데 있어 너무 고지식하고 딱딱해요. 딱딱하면 부러지니 때로는 유연할 줄도 알아야 해요."

이한열이 천태웅의 단점을 지적했다.

고지식할 정도로 예의를 갖추면 윗사람이 불편하게 느낄 때가 있다. 윗사람이 싫어하는 기색을 보이면 적절하게 예의를 내려놓아야 더욱 큰 신임을 받는다.

"윗사람을 만나면 몸이 딱딱하게 굳어집니다."

천태웅이 고백했다.

사실 그건 천태웅의 생태적인 한계였다.

그가 비리를 잔뜩 저지르고 있었기에 윗사람만 보면 발각될지도 모른다는 걱정에 몸이 굳어버렸다.

"큭! 그 정도면 병이네요."

이한열이 실소를 터트렸다.

천태웅보다 더한 부정부패를 저지르고 있는 이한열은 오히려 대범했다. 항상 빠져나올 구석을 마련해놓고 있었기에 마음이 편안하였다.

"무슨 일로 저를 찾으셨습니까?"

천태웅이 물었다.

"형님도 이제 승진을 하실 때가 됐잖아요. 금의위에서 쓸 만한 인재들을 열 명 뽑아서 아랫사람으로 부리세요."

"네?"

"금의위 교위가 되신 걸 축하드려요. 직접 알려드리기 위해서 번거롭지만 오시게 했어요."

이한열이 천태웅의 승진 사실을 알렸다.

"제가 교위가 된 겁니까?"

"금의위 본청에 가시면 교위 임명장이 내려와 있을 거예요."

"감사합니다."

천태웅이 이한열에게 고마움을 표했다.

그는 금의위 교위가 될 수 있도록 이한열이 뒤에서 많은 힘을 썼다는 사실을 눈치챘다.

이한열은 금의위 도독인 서덕형과 긴밀한 관계를 유지하고 있었다. 이한열 덕분에 금의위 도독에 제수된 서덕형은 은혜를 잊지 않았다. 권력과 가까운 자리에 있는 자들끼리 협조하면서 서로를 끌어올렸다.

"지금은 교위지만 차후에는 북진무사의 간부 자리를 마련해 볼게요. 금의위 도독과 이야기를 어느 정도 맞춰 뒀어요."

"감사합니다."

천태웅이 허리를 구십 도로 꺾으며 인사했다.

천태웅은 정말 피를 나눈 형제처럼 이한열이 너무나도 가깝게 느껴졌다.

"의형제 사이에 당연히 해야 할 일이지요."

이한열이 사람 좋은 미소를 입가에 지었다.

'마음은 바람과도 같아서 왔다가 가는 거다. 사람의 마음을 옆에 붙여 두기 위해서는 좋아하는 걸 줘야 한다.'

돈 드는 것도 아니었기에 이한열은 사람들에게 아낌없이 베풀었다. 그렇지만 사람들이 좋아하는 권력과 돈을 주기 위해서 이한열이 바쁘게 돌아다니기는 했다.

이한열의 사심이 들어가기는 했지만 불쾌하게 여기는 사람은 없었다.

서로를 바라보고 있는 이한열과 천태웅 사이에 훈훈한 온기가 감돌았다.

第八章

재산

이한열이 본격적으로 공부에 매달렸다.

한동안 공부하자, 급격하게 변한 상황이 그의 눈에 조금씩 들어왔다. 그렇다고 마냥 녹록한 것만은 아니었다. 땅을 차지하기 위해서는 철저하게 권리분석을 하고 물건에 관련된 여러 사람의 이해관계도 살펴야 했다.

역모에 가담한 자들의 재산이 황실에 몰수됐다.

하지만 방대한 역적들의 재산이 모두 황실에 몰수된 것은 아니었다.

방치된 재산들도 적지 않았다.

이한열이 눈여겨보고 있는 재산들이 바로 그것이었고, 돈이 되는 그것들에 대한 권리분석에 한층 열을 올렸다.

이한열은 동창과 금의위의 정보자료들을 뒤적였고, 심지어 하오문에서 올라오는 자료들까지 살폈다. 그리고 직접 현장에 찾아가 누가 그곳에서 살고, 무엇을 하는지 눈으로 보았다.

집에 거주하고 있는 사람이 역적과 관련이 어느 정도 있는지도 살펴야 했다.

다행스러운 것은 돈이 많지 않아도 일을 진행할 수 있다는 점이었다.

“동창의 이한열이라고 하네. 자네가 이괄의 먼 방계친척 이천이지?”

“아이고! 선대 때부터 이미 이괄과 연락이 거의 끊어졌습니다. 방계라고 어찌나 무시하던지 그쪽 사람들이라면 치가 떨립니다.”

삼 황자에 가담했던 벼슬아치 이괄이었다.

역모로 인해 저잣거리에 이괄의 수급이 효수되었다. 다행이라면 역모에 가담한 바가 적어서 이괄의 직계가족만 처리됐다는 점이었다. 그렇기에 방계인 이천이 살아남을 수 있었다.

“기억이 흐릿해졌는가 봐?”

“네?”

"보통 사람이라면 시간이 지날수록 기억이 흐릿해지는 법이지."

"맞는 말씀입니다."

이천이 고개를 숙이며 긍정했다.

"딱히 기억하지 못한다고 해도 상관이 없기는 한데, 이 말을 들으면 생각이 달라질지도 모르겠어. 여기 쌀가게 열 자금을 이괄이 지불했다고 하던데……."

이한열이 말끝을 흐리면서 이천을 바라보았다.

그의 말의 효과는 바로 나타났다.

이천의 얼굴이 두려움으로 인해 창백하게 질려갔다.

"그건 사실이 아닙니다. 분명히 제가 번 돈으로 다복곡물상을 열었습니다."

그의 목소리가 떨렸다.

"원한다면 이괄이 돈을 대신 내줬다고 증명할 수 있는 사람과 대면시켜 줄 수 있는데, 그에 대해 어떻게 생각하나?"

이한열이 물었다.

"그것이……."

이천이 말을 제대로 잇지 못하고 벌벌 떨었다.

그런 이천을 이한열이 서늘한 눈으로 노려보았다.

그리고 입을 열어 날카로운 공격의 화살을 날렸다.

"최대한 역적과 멀어지기를 바라는 건 사람에게 누구나

나타나는 공통된 심리이지. 하지만 시종일관 부정하면 오히려 괘씸죄가 적용돼. 그리고 죄를 인정한다면 선처해 줄 수도 있어."

이한열이 당근과 채찍을 동시에 내밀었다.

스스로 죄를 인정하던지, 아니면 무죄를 주장하던지 이한열이 이천에게 선택권을 줬다. 하지만 그건 이미 형식적인 제안이었다.

그가 찾아온 이상 겁에 질린 이천의 대답은 정해져 있었다.

"정말로 선처를 해 주시는 겁니까?"

"물론이지."

"죄를 인정합니다. 사실 다복곡물상의 진정한 주인은 이괄입니다. 저는 그저 허수아비 주인에 지나지 않습니다."

"역시."

이한열이 고개를 끄덕거렸다.

하오문의 정보에 따르면 다복곡물상에서 나오는 이익의 대부분이 여러 돈세탁을 거친 뒤에 이괄에게로 흘러들어 갔다. 단순하게 돈을 대 줬다고 보기에 너무 과다한 이득을 이괄이 챙겼다.

신빙성 높은 정보를 접한 이한열이 동창의 정보, 다복곡물상의 비밀스러운 자금흐름, 거래처 등에 대해서 상세한 부분까지 조사를 진행했다. 그 과정에서 다른 사람에게 알리지 않은 미묘한 부분도 있었다.

조사를 마친 이한열이 이천에게 찾아와서 죄를 실토하라고 치죄했다.

그리고 그의 각본대로 이천이 움직였다.

"정밀한 조사가 진행된다면 이괄과의 관계가 드러나는 건 시간문제이네."

"제발 살려주십시오. 저는 그저 역적 놈이 시키는 대로 한 죄밖에 없습니다."

"모르고 했다고 해서 죄가 없는 건 아니지."

겁에 질릴 대로 질린 이천이 두 손까지 모아서 싹싹 빌었다.

역적을 도와줬다는 죄가 적용되어도 이천은 할 말이 없었다.

털썩!

이천이 무릎을 꿇었다.

"집에 노모와 토끼처럼 어린 자식들만 네 명이 넘습니다. 제가 잡혀 들어가면 가족들이 그대로 길거리에 나앉게 됩니다. 살려만 주신다면 뭐라도 할 테니 제발 살려 주십시오."

이한열의 다리를 붙잡은 이천이 애걸복걸했다.

"……."

그런데 이한열의 반응이 야릇했다.

이천이 수상하다 싶었다면 홀로 오지 않고 동창, 금의위 혹은 금군 위사들과 함께 왔을 터였다. 홀로 와서 이천을 취조하는 그의 행동이 수상했다.

'코에 걸면 코걸이고, 귀에 걸면 귀걸이지.'

이한열의 손에 이천의 삶이 결정된다.

사실 이천의 죄는 경미했다.

엄밀하게 따지면 죄가 될 수 있지만, 가볍게 처리하면 그냥 넘어갈 수도 있는 사항이었다.

이한열이 이천을 감옥에 가둘 수도 있었고, 그대로 놓아주는 것도 가능했다.

"어떻게 한다?"

이한열이 턱을 쓰다듬으면서 고민하는 표정을 지었다.

"대인! 살려주십시오."

"지엄한 법에도 예외가 있는 법이지. 죄를 참회하고 다시 일어서려고 하는 사람의 희망을 짓밟는 건 너무 잔인해. 법이 허락하는 범위 내에서, 자네에게 관대한 처벌을 내려 굳이 감옥에 넣지 않도록 하겠네."

"감사합니다."

"하지만 역적인 이괄의 재산은 황실에 몰수를 해야만 하는 상황이야. 이해하지?"

"물론입니다. 다복곡물상을 정리한 뒤, 대금을 한 푼도 남김없이 바로 납부하겠습니다."

감옥에 끌려가지 않아서 구제받았다고 여긴 이천이 환한 표정으로 소리쳤다.

"최대한 빠르게 처리하게."

이한열이 근엄하게 지시했다.

그의 말에는 위엄이 넘쳤다.

관직에서 활동하면서 몸에 자연스럽게 녹아든 기운이었다. 태도와 말투에서 빈틈 하나 없자, 참으로 대쪽 같은 성품을 지닌 관리처럼 보였다.

하지만 이한열은 필요에 따라 자신을 포장할 수 있는 인물이었다. 어쭙잖은 사람이 그를 정확하게 파악하기란 불가능했다.

"여부가 있겠습니까? 그렇지 않아도 다복곡물상에 관심을 많이 가지고 있는 자가 있습니다. 그에게 이야기하면 곧바로 거래가 될 겁니다."

이천이 어려움에 처한 사람을 가엽게 여기는 이한열에게 존경의 시선을 마구 보냈다.

'무탈하게 챙기는 게 제일이다.'

이한열이 속으로 웃었다.

그의 놀라운 처세술에 당한 이천은 아무런 의심도 품지

않았다.

무탈제일!

이한열의 관직 생활에 대한 가치관을 그대로 보여 주는 말이었다.

'이천을 탈탈 털어먹어도 탈이 나지 않는다.'

이한열이 이천에 대해서 꿰뚫어 보았다.

겁에 잔뜩 질린 이천이 이번 일에 대해서 결코 떠들고 다니지 않는다. 만약 함부로 내뱉었다가 감옥에 갈 수도 있었기 때문이었다.

그리고 그에 대한 확인을 이한열이 확실하게 만들었다.

"불쌍해서 인정을 베풀기는 했지만 혹시라도 이번 일에 대해 어디 가서 함부로 입을 놀렸다가는 큰 곤경에 처하게 될 것이야."

"죽을 때까지 입을 봉하겠습니다. 하늘보다 높은 은혜를 베푸신 대인에게 결코 누를 끼치지 않겠습니다."

이천이 확고하게 외쳤다.

그는 이한열이 자신에게 큰 은혜를 베풀었다고 믿어 의심치 않았다.

"나를 만난 걸 행운으로 알아야 해."

"여부가 있겠습니까?"

분명히 부패한 이한열을 만난 건 이천에게 개인적으로 더 없는 행운이기도 했다. 만일 깐깐한 관리를 만났다면 이천이 그대로 감옥에 투옥됐다. 역적과 엮인 이천에게는 재판도 필요가 없었다.

부패한 이한열을 만난 사람들이 그렇게 하나둘 구제됐다.

반면 깐깐한 벼슬아치를 만난 사람들은 그대로 감옥으로 직행했다. 역모에 관련된 한 명의 죄수라도 더 잡아들여야 벼슬아치의 실적으로 잡히기 때문이었다.

역적들과 관련된 알 만한 사람들 사이에 은밀하게 소문이 났다.

"마른하늘에 날벼락을 맞은 죄 없는 우리를 불쌍하게 여겨주시는 분이 계시다. 그분의 마음은 너무나도 따뜻하고 착하다."

"그분이 있어서 우리 가족이 살아남았다."

"너무나도 고마우신 분이다. 백성의 아픔을 어루만져주는 그런 분이 있어서 아직 살만한 세상이다."

역적들의 먼 친척이나 그들과 함께 일했던 사람들이 이한열을 먼저 찾아오기도 했다. 그들의 적극적으로 자신들의 죄를 용서해달라고 빌면서 알아서 역적들의 재산을 바쳤다.

점점 이한열을 찾는 사람들이 늘어났다. 일찌감치 찾아와 줄을 서지 않으면 그를 만나지 못할 정도로 북새통을 이뤘다.

"주변 사람들을 돕겠다는 생각으로 다가서니 알아서 돈이 모이는구나."

등청을 하려던 이한열이 북적거리는 사람들을 보면서 중얼거렸다.

"무고한 처지인 사람들을 기꺼이 돕는 청백리 이한열 진사님이 나오셨다."

"불쌍한 우리를 챙겨 주신다는 분이시구나."

"잘생긴 만큼 마음씨도 고우시다."

사람들이 앞다퉈 이한열을 칭송했다.

"안녕하십니까? 지금 등청하시는 길이옵니까?"

얼굴에 상처자국이 잔뜩 난 중년인이 이한열에게 고개를 숙이며 인사했다.

"그렇소."

이한열이 바짝 다가온 중년인의 인사를 받아 줬다.

"저는 이번에 몰락한 천흥장씨 가문의 총관이었습니다. 삼십 년 넘게 그곳에서 일해 왔다고 거의 천흥장씨 집안사람으로 취급을 받았습니다. 어제까지 관청에서 심한 고문을 당해 지금 꼴이 말이 아닌 데다가, 평생 모은 재산까지 모두 몰수당한 처지입니다. 저는 천흥장씨와는 무관합니다. 제발 저의 억울함을 풀어 주십시오."

중년인이 간절하게 부탁했다.

그는 이번 역모와 직접적으로 연결이 되지 않았다.

하지만 막무가내로 역적들을 잡아들이는 관리에게 걸려 큰 낭패에 빠졌다. 절망감에 빠진 그가 지푸라기 잡는 심정으로 이한열을 찾아왔다.

'흠! 재물을 모으려고 한 일이 밖에 선행으로 비춰 졌구나.'

이한열은 이번 기회에 한몫 단단히 챙기는 중이었다.

그가 무탈할 수 있도록 일을 포장하는 과정에서 남을 기꺼이 돕는 모습을 내비쳤다. 그런 일이 연달아 벌어지면서 재정이 놀랍도록 풍족해졌고, 오해가 더욱 깊어졌다.

다른 사람들을 오해하도록 만든 이한열의 처세술이 놀라울 정도로 뛰어났다.

"내가 개인적으로 알아볼 테니까, 힘을 내시오. 무고하다면 재산도 돌려받을 수 있을 것이오."

이한열의 처세술이 계속해서 이어졌다.

모여든 사람들을 현혹시키는 고도의 위장술이었다.

이한열이 사람들로부터 돈을 짜내기 위해 온갖 방법을 다하지 않았다. 그저 수많은 사람들이 알아서 돈을 가져다 바치도록 조련시켰다.

“저기 봐! 불쌍한 일을 당한 사람의 이야기를 경청하고 있어.”

“참으로 성격이 좋으시다. 높은 관직에 올랐으면 하찮은 자들은 무시하고도 남을 텐데…….”

사람들이 이한열에게 마구 흠모의 눈빛을 던졌다.

소문의 진정한 효과는 엄청난 확산성에 있다.

확산 과정에서 주고받게 되는 감정은 기하급수적으로 커진다.

‘알아서 재물을 가져다준다니, 참으로 홍복이로구나.’

이한열이 재정을 풍족하게 만들 좋은 기회를 얻었다.

씨익!

그의 입가에 햇살처럼 밝은 미소가 피어올랐다.

“어려움에 처한 사람을 돕고 웃으신다.”

“아! 환상적인 웃음이다.”

사람들이 이한열의 웃음을 보고 자지러졌다.

능력 있는 이한열에게 수많은 청탁이 몰려들었다.

그 와중에는 덩치가 크고 값이 비싼 땅과 집 등 부동산에 대한 청탁이 많았다. 원래대로라고 하면 나름 가난한 이한열이 값나가는 땅과 집을 감당하기에 어려움이 있었다.

하지만 사람들의 청탁을 들어 주는 입장이기에 이한열은

돈이 들지 않았다. 그는 일단 땅과 집 등을 확보한 다음, 비싼 값에 팔아넘기면서 이득을 챙겼다.

그가 이런 일에 깊숙하게 발을 들여 놓았다.

항상 준비에 철저한 학사 출신답게 그런 과정에는 세밀한 조사가 먼저였다. 관계를 해도 아무런 탈이 없다는 확신이 선 뒤에 움직였다.

시가 만 냥짜리 땅을 사천 냥만 청탁한 자에게 넘겨줬다.

물론 판 금액이 사천 냥은 아니다.

"정말로 감사합니다. 그냥 앉은 자리에서 땅이 사라질 줄 알았는데……."

사천 냥만 건진 중년인이 코가 땅에 당을 정도로 고개 숙였다.

"급하게 팔아서 손해를 보았고, 일을 처리하는 과정에서 여기저기에 사용한 금액이 많았다. 그 금액을 빼고 난 금액이 사천 냥이다."

"알고 있습니다. 백성을 생각하는 이한열 진사님과 다르게 돈만 밝히는 관리들에게 기름을 치셔야 했겠지요."

사천 냥을 받은 중년인이 이한열에게 존경의 시선을 듬뿍 뿌렸다.

그가 사천 냥을 소중하게 품에 간직했다.

예전이라면 많은 돈이 아니었다.

하지만 이제 그를 비롯한 일가의 사람들이 사용해야만 하는 총액이 사천 냥에 불과했다.

"이 관리 저 관리를 만나기 위해 발이 닳듯이 찾아다녔지."

이한열이 일을 처리하기 위해 분주하게 움직인 건 사실이었다. 하지만 돈을 관리들에게 고스란히 주기 위해서 만난 건 아니었다.

"고생하셨습니다. 그런데 사례는 어떻게 해 드려야 합니까?"

중년인이 조심스럽게 물었다.

"사례는 됐네. 자네가 처한 사정을 잘 알고 있어. 그 돈을 종자로 해서 앞으로 잘 살기를 바라겠네."

이한열이 대범하게 사례를 거부했다.

"크윽! 감사합니다. 대인의 은혜를 잊지 않겠습니다."

중년인이 눈물을 흘리면서 감복했다.

'흠! 이처럼 감격한 모습을 보니 괜히 가슴이 찔리는군.'

이한열이 슬쩍 시선을 비틀어 허공을 바라보았다.

약간 겸연쩍어하는 마음과 달리 그의 얼굴에는 아무 표정이 나타나지 않았다. 그저 중년인을 안타까워하는 모습만 보일 뿐이었다.

이한열은 팔천 냥에 땅을 팔았다.

급매여서 가격이 떨어지기는 했지만, 북경 요지의 땅은 여전히 많은 사람들이 원했다.

한 푼도 들이지 않은 이한열이 여기저기 발품을 팔아 단숨에 사천 냥을 챙겼다.

'음! 불쌍한 사람을 돕고, 나도 좋아. 일석이조이지.'

한 번에 많은 돈을 벌어들인 이한열은 눈이 번쩍 뜨였다.

관례적으로 받아온 뒷돈보다 훨씬 많은 금액이었다.

많은 돈을 버니까 이한열은 더욱 자신감이 붙었다.

'그래. 해 보자. 이번 기회에 나도 북경에 넓은 땅과 좋은 저택을 가져 보자.'

이한열은 불쌍한 사람을 도우면서 자신의 부를 크게 늘리기로 작정했다.

아무리 생각해 봐도 역모와 관련된 혼란의 시기는 좀처럼 오지 않는다. 혼란스러운 시기가 힘과 능력이 있는 이한열에게 큰 이득으로 다가왔다.

'물 들어올 때 노를 저어야 하는 법! 닥치는 대로 벌어 보자.'

이한열은 돈을 버는데 온 정신을 다 빼앗겼다.

어렵고 힘들게 살아왔던 그였기에 돈의 소중함을 누구보다 잘 알았다.

길을 걸을 때, 무공을 수련할 때, 황궁에서 업무를 볼 때에도 오직 돈 버는 일에 집중했다. 한 번에 커다란 금액을 만진 게 이한열의 생각을 그쪽에 몰두하게 만들었다.

시간이 지날수록 이한열의 얼굴이 기묘하게 번들거렸다. 돈의 노예가 된 사람의 모습이었다. 과거 못 살던 어린 시절과 북경에 와서 집 한 칸 없이 떠돌던 시기가 그를 더욱 돈의 노예로 몰고 갔다.

돈에 미친 이한열은 한동안 정신없이 시간을 보냈다.

여전히 이한열이 거처하는 별채 앞에는 수많은 사람들로 북적거렸다. 이한열이 불쌍한 사람들의 사정을 분석하며 돈 되는 물건들을 발이 닳도록 찾아다녔다.

바쁜 시간을 보내던 그가 주수선 황녀의 부름을 받았다.

이한열처럼 그녀도 질풍노도의 바쁜 시기를 보내야만 했다.

황자지란에 많은 황족들이 연루되어 있었고, 새롭게 등극한 황제와 황후 등으로 인해 황실의 권력이 많이 바뀌었다.

황제의 부인인 신정황후와 주수선 황녀가 황궁 내전의 권력을 움켜잡기 위해 물밑에서 치열한 신경전을 펼치고 있었다.

"군주 마마! 정자 이한열이 알현하겠다고 찾아왔습니다."

궁녀가 이한열의 접견을 아뢨다.

"어서 들이도록 하여라."

"예."

궁녀의 인도로 관복을 끌면서 이한열이 안으로 들어섰다.

"그 사이 강녕하시었습니까?"

이한열이 인사를 올렸다.

그에게 주수선은 배경이자 주군이었다.

"강녕하지 못해."

주수선이 이한열을 보자마자 인상부터 찡그렸다

"불편하신 일이라도 있으신지요?"

"얼굴이 왜 그 모양이지?"

"예? 제 얼굴이 이상합니까?"

이한열이 영문을 몰라 눈을 크게 뜨고 물었다.

"돈 긁어모으느라 바빠서 거울도 못 봐? 눈빛에 돈독이 올랐구나."

주수선의 말에 이한열이 동요했다.

"무슨 말씀이십니까?"

"뇌물을 받아먹은 사람들의 명단이 도찰원과 서창에서 올라왔다. 그 명단에 네 이름이 올라가 있어."

이한열은 순간 아차 싶었다.

근래 작정하고 벌어들인 막대한 돈이 결코 사단을 불러왔다. 탐욕을 물리치지 못하고 돈을 끌어모은 것이 화근이었다.

'이것들이 가만히 있는 나를 건드려?'

이한열의 눈가에 독기가 스치고 지나갔다.

벼락 승진한 이한열을 눈엣가시로 생각하는 사람들이 있었다. 금의위와 동창은 긴밀한 협력관계였기에 눈을 감아줬지만 도찰원과 서창은 경쟁 관계의 기관에서 일하는 이한열의 비리를 끄집어냈다.

'두고 보자.'

이한열이 속으로 이를 바드득 갈았다.

그러나 두고 보기 이전에 먼저 살아남는 것이 먼저였다.

"저는 뇌물을 한 푼도 받지 않았습니다. 곤란한 사람을 돕는 과정에서 약간의 이득을 보았을 뿐입니다. 그것이 죄라면 죄일 뿐입니다."

이한열은 의연했다.

벌벌 떨지 않고 침착하게 서 있었다.

이한열이 곤란한 사람들의 뒤처리를 해 주면서 이득을 챙겼지만, 어떻게 보면 대가성 있는 뇌물이나 진배없었다.

하지만 그걸 뇌물이라고 인정하고 감옥에 갇힐 수는 없는 노릇이었다.

"돈을 착복한 사실을 인정하면서도 참으로 당당하구나."

"솔직함은 저의 장점입니다."

주수선의 눈에서 서늘한 광채가 뿜어져 나왔다.

눈빛을 접한 순간 이한열의 가슴이 철렁 내려앉았지만, 끝까지 여유를 잃지 않았다.

“요직에 있는 사람은 뇌물과 여자의 유혹에서 자유롭지 못하다. 푼돈에 영혼을 빼앗기지 말고, 미인계에 넘어가지 마라. 당당하게 거액을 받고, 떳떳하게 아름다운 여자를 품에 안아라. 내가 아끼는 너라면 자격이 충분하다.”

주수선은 이한열이 지탄받을 정도로 나쁜 짓을 저지른 사실이 순수하게 안타까웠다.

소탐대실!

작을 것을 탐하다가 큰 것을 잃어버린다.

이한열이 곤란한 사람들을 구하면서 번 돈은 푼돈에 불과했다. 요직에 앉아서 중대한 일을 하다 보면, 엄청난 거액이 자연스럽게 다가올 것이다.

“군주인 나의 앞에서도 항상 당당하고 자유롭게 할 말 다 하는 네가 좋았다. 신외지물에 불과한 돈에 잡아먹힌 지금의 너에게는 그때의 당당함이 느껴지지 않아.”

이한열을 아꼈기에 주수선이 진심으로 아파했다.

쿠웅!

부끄러워서 낯을 들 수가 없던 이한열은 엄청난 충격을 받았다.

‘아! 내가 돈독에 올랐었구나.’

그는 주수선의 아파하는 말에 자신이 돈의 노예가 됐었다는 사실을 깨달았다. 부귀영화를 누리기 위해 많은 돈을 벌어들였는데, 그로 인해 그의 당당함과 자유로움이 사라졌다.

'돈의 노예가 됐으니 영혼의 자유가 사라진 것이지.'

깨달은 이한열이 무릎을 꿇었다.

털썩!

그가 주수선의 앞에 고개를 조아렸다.

"잘못을 저질렀습니다. 다시는 돈의 노예가 되지 않겠습니다."

"반성했으면 됐다. 일어나. 그리고 돈이 필요하면 탐욕스러운 마음을 식힌 다음에 차라리 나에게 와라! 그깟 푼돈 내가 주마."

통 큰 주수선은 여전히 최측근인 이한열을 아꼈다.

그깟 푼돈을 받았다고 해서 이한열을 쫓아낼 마음은 처음부터 조금도 없었다.

"넘치는 은혜가 망극하옵니다."

일어나면서 주수선과 시선이 마주친 이한열이 겸연쩍은 웃음을 지었다.

"이까짓 일로 동요하지 마. 황궁에서는 정당한 일을 하고도 관직을 박탈당하고 심지어 구족이 멸문당하는 경우도 있어.”

주수선이 이한열을 다독거려 줬다.

“면구스럽습니다.”

“앞으로 면구스러운 일이 없으면 된다. 당분간 자중하면서 머리나 식혀.”

주수선의 말이 시원시원했다.

그녀는 이한열에게 달콤한 휴가를 줬다.

“감사합니다.”

아파하고 걱정해 주는 주수선과 같은 공간에 있는 이한열은 무척이나 포근한 느낌을 받았다.

씨익!

마음이 편해진 이한열의 돈에 찌들었던 얼굴에 자연스러운 웃음이 피어났다.

‘영혼의 자유가 나의 가장 큰 재산이구나.’

주수선의 충고를 통해 이한열이 자신의 가장 큰 재산을 깨달았다.

第九章

파천마제

이한열이 주수선 황녀에게 머리를 식히라는 말을 들은 지 벌써 열흘이 넘었다.

그 열흘 동안 이한열은 저택의 집무실에 머물렀다.

안거였다.

'천겁을 지나도 과거가 아니고, 만세를 뻗쳐도 늘 지금.'

옛 선승의 가르침이 적힌 불경의 한 구절이 이한열을 안거에 빠지도록 만들었다.

지독하게 가난했던 과거의 시절을 떠올려 부귀영화에 매달린 그의 현재 삶이었다.

그는 깊은 침묵 속에서 삶의 현재를 살펴나갔다.

숙식까지 집무실에서 해결하고 있는 이한열은 한 번도 밖으로 나오지 않았다.

"……."

고요하게 눈빛을 빛내고 있는 이한열이 모든 걸 내려놓았다.

가난했던 과거의 아픔도 내려놓았고, 실연당했던 청춘도, 황궁의 관리직도, 동창의 신분도 모두 머릿속에서 잊어버렸다.

그는 가장 자연에 가까운 본연의 모습으로 돌아가려고 했다. 집무실의 의자에 앉아 오롯이 화두에만 파고들었다.

스윽!

그가 선정에 빠져들었다.

고요함으로 침잠되어 가는 적멸이 그에게 깊은 감동으로 다가왔다. 깊은 깨달음으로 잠겨 있는 그에게 더 이상 세속적인 분위기가 흘러나오지 않았다.

탐욕스러움에 빠져들어 있던 그는 점점 자신이 정화되는 걸 무의식적으로 알아차렸다. 이해다툼이 난무하는 세상에서 벗어나 수행자들이 남기고 간 적멸을 좇았다.

이한열은 마치 오래된 고찰의 선방에 앉아 있는 느낌을 받았다.

그건 그에게 낯설지 않았다.

익숙했다.

바로 진사가 되기 위해 오랜 시간 공부에 매진했을 때 받았던 느낌이기도 했다.

만류귀종!

학문에도 적멸이 있었으니, 바로 삼매경이었다.

수천 년 세월 동안 축적된 선각자들의 가르침과 정신이 책 곳곳에 서려 있었다.

오거서를 넘을 정도로 많은 장서를 읽은 이한열이었다. 수많은 책들의 구절이 그의 머릿속에 축적되어 있었다.

> 진리를 절대로 마음 밖에서 구하지 말라.
>
> 마음의 성품은 본래부터 깨끗하다.
>
> 번뇌 망상에 물들지 않고, 사념을 버리면 곧 그대가 부처이다.

읽고 머릿속에 담아만 뒀던 구절이 이한열에게로 성큼 다가왔다. 구절 하나하나의 단어가 마음에서 그대로 인식됐다.

닭이 알을 품듯 이한열이 마음을 응시했다.

시간이 가고 날이 갈수록 그의 마음이 맑아졌다.

"……."

입을 열지 않고 묵언 수행을 하고 있는 것처럼 그의 눈빛이 깨끗해졌다. 이한열은 가슴 가득 샘물처럼 솟아나는 기운과 함께, 무엇이든 다 할 수 있을 것 같은 자신감을 느꼈다.

마음이 고요해지니 자연스럽게 보고 느끼는 부분이 선명해지고 넓어졌다.

'가지려고만 한 것이 잘못을 불러왔다.'

얼마나 잘못된 가치관을 가졌었는지 그가 깨달았다.

부귀영화를 위해 부단하게 달려왔던 길이 그를 고통스럽게 했고 또 넘어뜨리게 만들려고까지 했다.

'나만의 즐거움은 필연적으로 타인의 고통으로 이어지는 법이다.'

이한열이 욕심을 내려놓고 살펴보니 그 즐거움은 아무것도 아니었다. 스스로 잘나가고 있다고 믿었던 건 허튼 망상에 불과했다.

마음의 진리는 이한열의 영혼을 흔들 만큼 컸다.

달빛과 바람이 깃든 새벽의 경건함이 그를 정화시켜나갔다.

일체가 오직 마음으로 지은 것이니라!

'일체유심조!'

이한열은 온몸으로 그 소리를 들었다.

정화를 통해 이한열은 자신의 마음에 대해서 알 수 있었다.

스륵!

이한열이 반개하고 있던 눈을 떴다.

"저는 아름다운 여자를 만나 결혼하고 싶고, 고래 등처럼 큰 집에서 살고 싶습니다. 매끼마다 요리사가 해 주는 맛있는 음식을 먹었으면 합니다. 그리고 제 자식들이 가난에 허덕이지 않는 풍요로운 삶을 누리기를 원하고 있습니다. 저는 여전히 탐욕스럽습니다."

이한열은 자신의 마음에 대해서 진솔했다.

죽어라고 구슬땀을 흘리며 지금도 노력하고 있는 건 모두 탐욕스러운 본능 탓이었다. 만약 그 탐욕의 열매가 달지 않았다면 지금의 이한열은 없었을지도 몰랐다.

이한열은 탐욕스럽기에 꾸준하게 앞으로 나아가기 위해 노력했다.

"일체가 오직 마음에 달렸으니, 탐욕스러운 저는 돈을 많이 벌겠습니다. 그렇게 얻은 돈을 나라와 불쌍한 사람들을 위해 사용하겠습니다. 그리고 열심히 노력한 저를 위해서도 조금은 쓰겠습니다."

이한열이 묵언 속에서 자신이 나아갈 길을 깨우쳤다.

오랜 시간 참선과 묵언을 했지만, 그는 자신의 탐욕스러운 부분을 완전히 버리지 못했다.

탐욕스러운 심성을 완전히 버리면 그건 속세의 이한열이 아니었다.

"불쌍한 이웃들에게 은혜를 베풀 테니 제가 맛있고 비싼 식사를 하고 좋은 집에서 사는 건 눈감아 주시기 바랍니다."

현실과 타협하여 대승적 삶을 살겠다고 천명한 이한열이 해가 뜨고 있는 하늘을 바라보며 중얼거렸다.

"제 탐욕을 다른 사람들에게 알리려고 합니다. 탐욕이 꼭 나쁜 것만은 아니니까요. 탐욕스러운 심성을 제대로 사용하면 좋은 결과를 나오게 만들 수 있습니다. 바로 저처럼요."

이한열이 말과 함께 붓을 집어 들었다.

슥!

그가 집필을 시작했다.

두문불출하고 있는 그는 날마다 집필했다.

사람들이 찾아와도 만나지 않고 오직 글 쓰는 일에만 열중하였다. 의형제인 천태웅도 수차례 찾아왔지만 이한열을 만나지 못했다.

집무실에서 두문불출하던 이한열이 마침내 밖으로 나왔다.

"대인, 무탈하셨습니까?"

이한열이 방에서 나오자 저택의 총관인 오심영이 물었다.

집무실에서 벗어나지 않은 이한열을 오심영이 상당히 걱정했었다.

"괜찮네."

"안색이 좋아 보입니다."

"마음의 짐을 벗어 던졌더니 홀가분해서 그런 걸세."

이한열의 입가에는 웃음이 피어났다.

"축하드립니다. 그런데 그동안 집무실에서 무엇을 하면서 지내신 겁니까?"

"마음을 정리하면서 글을 좀 썼다네."

"집무실에서 단 한 발자국도 나오지 않고 오로지 글을 쓰셨습니까?"

"그렇다네."

"편안하게 생활하면서 쓰셔도 괜찮잖습니까?"

오심영은 집무실에서 오랜 시간을 보낸 이한열을 여전히 걱정했다.

"몸은 집무실에 있었지만 마음은 자유롭게 세상을 노닐

었다네."

"대체 무슨 글을 쓰신 겁니까? 기회가 닿으면 저도 볼 수 있습니까? 진사님의 글을 제 자식에게도 알려 주고 싶습니다."

오심영은 이한열이 어떤 글을 썼는지 궁금했다.

오심영도 한때 과거를 공부하던 학사였지만, 능력이 부족하여 과거급제를 포기했다.

그리고 그는 자신의 한을 자식이 대신 풀어주기를 간절하게 바라며, 총관으로 일하면서 버는 돈의 대부분을 자식 공부에 뒷바라지했다.

"아쉽게도 이번 글을 보여 줄 수가 없네. 읽는 사람이 정해져 있어."

무협소설을 집필한 이한열이 말했다.

무협소설이 재미있기는 하지만 고리타분한 오심영에게는 맞지 않았다. 그리고 오심영의 자식에게 보여 주기도 어려웠다.

세상의 부조리를 신랄하게 비판하고 기득권 계층의 잘못을 비틀어서 집필한 신작 파천마제이었다.

처음 접하는 학자들에게 큰 충격을 줄 수 있는 파천마제 작품이었다.

그리고 무협소설의 호쾌한 재미에 빠져 오심영의 자식이

공부를 소홀히 할 수도 있었기 때문이었다. 게다가 무협소설에서 보여 주는 강호를 보고 가출할지도 모르는 일이었다.

"아! 상소문이군요."

오심영이 알았다는 듯이 소리쳤다.

황제에게 올리는 글이 바로 상소문이다.

주로 간관이나 삼관의 관원이 황제에게 정사를 간하기 위하여 상소문을 올렸다.

끄덕! 끄덕!

소요서생이라는 사실을 비밀로 하고 있는 이한열이 오심영의 착각을 고쳐 주지 않고 방치했다.

'이번에는 어느 서점에다 배치할까? 세 권 가운데 한 권은 시발서점에다 넣어야겠지. 그래야 책 반응을 자연스럽게 들을 수 있으니.'

이한열은 똑같은 책을 세 권 만들었다.

한 권은 고심하면서 쓴 진본이고, 나머지 두 권은 똑같이 베낀 필사본이자 또 다른 진본들이다.

시발서점에서 활기에 찬 큰 목소리가 튀어나왔다.

"신작이다!"

"정말 오랜만에 소요서생의 신작이 나왔구나."

"흠! 누가 몰상식하게 서점에서 큰 소리를 내는지 모르겠군."

한쪽에서 도가의 책을 살펴보고 있던 유생이 목소리가 난 곳을 바라보며 힐난했다. 서점에서 조용하게 책을 읽고, 옆 사람만 들을 수 있도록 작게 말하는 것이 바로 예의였다.

"비리비리하게 생겨서 한 판 뜨자는 거냐?"

"뭐라고 떠들었냐? 다시 한번 지껄여 봐라."

두 사람이 부리부리한 눈으로 유생을 노려보았다. 우람한 근육을 자랑하는 그들의 팔뚝에는 지렁이처럼 핏줄이 꿈틀거렸다. 탄탄한 체격을 지닌 그들의 등과 허리에는 번쩍거리는 검이 매달려 있었다.

시끄럽게 떠드는 자들은 바로 강호인들이었다.

그것도 피를 보는 데 두려워하지 않는 마도계열의 마인들이었다.

"헉! 그쪽 분들에게 한 이야기가 아닙니다."

유생이 황급히 꼬리를 말았다.

슥!

책을 서가에 꽂아 넣은 유생이 황급히 서점에서 사라졌다.

"저런 놈은 신경 쓰지 마."

"지금 중요한 건 소요서생의 신작이지."

"제목이 파천마제네."

"이번엔 주인공이 마도인물이구나. 저번에 사파 놈이 주인공이라서 참으로 짜증 났어. 비열하게 계략을 일삼는 사파 놈보다 힘과 패도를 숭상하는 마도의 인물이 최고지."

"옳은 말이야. 빨리 사자."

"그래. 여기서 떠들지 말고 책을 사서 직접 읽어 보자."

흥분한 두 사람의 목소리가 더욱 커졌다.

하지만 점원이나 유생 등 어느 누구도 그들을 말리지 못했다. 조금 전 으르렁거리던 강호인들의 기세가 너무 사나웠기 때문이었다.

"내가 먼저 읽는다."

"웃기는 소리. 책값을 내는 내가 먼저야."

"쳇! 나도 책 산다."

책을 돌려가면서 읽을 수도 있는데도 불구하고 친구인 그들은 파천마제를 각각 구입했다. 마도에 종사하는 마도인들에게 소요서생의 작품은 유명했다. 소요서생의 작품 전질을 모두 소장하고 있는 사람들도 적지 않았다.

책값을 지불하고 가는 무인 손님들을 탁둔원이 흐뭇한 시선으로 바라보았다.

"이제 학자와 유생들은 거의 오지 않고, 무인들이 주 고객층이구나. 그나마 있던 손님들도 사나운 무인들 때문에 떠나가고 있어. 하지만 예전보다 매출이 많으니까 괜찮아."

근래 소요서생의 신작을 찾아서 방문했던 손님들이 상당히 많았다. 그런데 꾸준하게 나오던 소요서생의 작품이 뚝 끊겨 버렸다. 그로 인해 시발서점은 곤욕스러운 상황에 간간이 처했다.

소요서생의 책을 찾는 대부분의 손님이 병장기를 휴대한 무인들이었기 때문이었다.

신작이 없다는 소리에 아쉬워하면서 돌아가는 손님들도 많았지만, 사납게 행패 부리는 자들도 간혹 나타났다. 행패를 만류하던 시발서점의 점원들이 몇 명 다쳤고, 탁둔원까지 부상을 입었다. 무인들의 행패에 질린 몇몇 점원들은 일까지 그만두고 나가 버렸다.

"이번 기회에 대박을 내 보자."

탁둔원의 눈빛이 반짝거렸다.

그는 신작 파천마제의 필사본을 만들면서 모험을 감행했다.

거금을 들여 파천마제의 목각인쇄판을 제작하고 있었다.

필사본만으로는 한계가 있었다.

능숙한 필사가가 열심히 붓을 놀려도 삼일을 소요해야

파천마제 필사본을 완성한다. 필사본에는 간간이 오타도 발생하여, 구매고객의 반품과 교환으로 이어진다.

시발서점이 십여 명의 필사가를 동원하고 있었지만, 많은 손님들을 감당하지는 못했다.

그렇기에 탁둔원은 빠르게 파천마제를 찍어낼 수 있도록 목각인쇄판을 만들고 있었다. 이제 삼 일 후면 파천마제를 대량으로 찍어내는 체계가 완성된다.

"소요서생의 파천마제를 빠르게 접한 게 행운이야."

탁둔원은 새로 들여온 책 무더기 속에서 파천마제를 찾아냈다. 파천마제가 왜 책 무더기 속에 있는지 몰랐지만 소요서생의 신작임을 알아차리고 발 빠르게 움직였다.

"시발서점에서만 팔지 않고, 북경의 서점에 모두 뿌릴 것이다. 그리고 북경을 넘어 다른 지역의 사람들도 책을 읽고 구매할 수 있게 만들어야지."

탁둔원이 야심찬 포부를 드러냈다.

소요서생의 신작 파천마제에 대한 사람들의 반응이 가히 폭발적이었다. 그리고 그 반응이 줄어들지 않고 점점 더 커져갔다.

"그간 잘 지내셨소?"

익숙한 목소리에 탁둔원이 고개를 돌렸다.

"아니, 이게 누구십니까? 이한열 진사님이시군요."

탁둔원이 진심으로 반가워했다.

그는 이한열을 예전보다 더욱 어려워하고 존경하면서 말을 높였다.

이한열의 위치가 예전과는 하늘과 땅 차이로 변했기 때문이었다.

예전에 하급관리였다면 이제는 높은 분의 눈에 둔 중견관리였다. 동창의 요원인 데다가 주수선 황녀와 각별한 사이인 이한열이 가지고 있는 권력은 고관대작에 비해서 약하지 않았다.

심지어 고관대작들도 이한열의 눈치를 살필 정도였다.

"장사가 잘 되고 있는 모양입니다?"

"예. 근래 예전보다 장사가 제법 되는 편입니다. 무협소설과 무학사들이 집필한 무서 등을 구입하는 손님들이 많습니다."

"좋은 현상이군요."

"이한열 진사님이 올 때를 대비해서 신작 무협소설과 무서들을 챙겨 뒀습니다."

턱!

탁둔원이 계산대 아래에 뒀던 수십 권의 책을 꺼냈다. 이한열이 언제 올지 몰라 항상 준비해 뒀던 책들이었다.

"잘 읽지요. 추천하는 책이 있소?"

"근래 가장 잘 나가는 책이라면 바로 파천마제입니다."

탁둔원이 책들 가장 위에 놓인 책을 가리켰다.

파천마제라는 붉은 글씨가 정갈하면서도 힘이 넘쳤다.

"소요서생의 신작이군요. 이번에도 역시 제목이 독특하군요."

이한열의 눈빛이 빛났다.

"저도 살펴보았지만 지금까지 못 보았던 글일 겁니다. 소요서생의 글 쓰는 취향이 많이 바뀐 모양입니다. 글이 살아 있다고 느꼈으니까요."

"글이 살아 있다고요? 그렇게 두루뭉술 말하지 말고 정확하게 말해 주시오."

되묻는 이한열의 입가에 엷은 미소가 스치고 지나갔다. 워낙 빠르게 피어났다가 사라진 웃음이라, 탁둔원은 미처 보지 못했다.

"손님에게 추천을 해 주기 위해서는 먼저 책을 읽어봐야 합니다. 파천마제를 읽어보면 글 하나하나의 단어가 참으로 적절합니다. 딱 표현되어야 할 위치에 쓰인 단어들이 생생하니 무슨 말이 더 필요하겠습니까? 머릿속에서 책의 구절이 그대로 그려집니다. 단숨에 읽고 그 여운에 취해 제대로 말을 잇지 못했지요."

"그렇군."

이한열이 고개를 끄덕였다.

"제가 말하는 걸 듣는 것보다 직접 읽어 보시는 편이 훨씬 낫습니다. 명필가가 특별하게 신경을 써서 똑같이 필사한 책이니 읽는 데 눈이 불편하지는 않을 겁니다."

"잘 읽겠소."

고맙다고 인사하는 이한열이 이를 드러내며 환하게 웃었다.

'제대로 통했군. 일반인 탁둔원이 이처럼 생생하게 느낄 정도니 무림인들이 접하면 많은 걸 체험할 수 있을 거다.'

그는 한 가지 큰일을 해냈다는 자부심이 들었다.

그는 파천마제를 집필하면서 생생하게 전할 수 있도록 노력했다. 단순히 글에서 글로 표현하는 것이 아니라, 마음에서 마음으로 전해질 수 있도록 최대한 신경 썼다. 그런 원초적인 바탕에는 새롭게 깨달은 배교의 이심전심이라는 주술이 은밀하게 녹아들어 있었다.

이한열은 사갈철왕 여관숙의 자서전처럼 천인혈골을 통해서 배운 이심전심을 책에 은밀하게 펼쳤다.

그렇기에 강호무림을 모르는 탁둔원이 생생하게 책을 받아들일 수 있었던 것이다.

하지만 사갈철왕의 자서전처럼 가상현실을 경험할 정도의 주술이 아니었다. 그저 생생하게 책의 구결 등을 느낄 수 있는 수준이었다.

주술에 있어서 무림의 최고봉을 차지했던 배교의 직전을 이었지만 아직까지 이한열의 주술 수준은 낮았다.

'기회가 닿는다면 누군가 기연을 얻겠지.'

이한열이 세상에 알고 있는 깨달음을 베풀었다.

사람을 이롭게 하는 그만의 방식이었다.

하지만 그 방식을 모두가 접할 수 있는 건 아니었다.

오직 그가 집필한 세 권의 책만 해당됐다.

'실력이 부족해서 이심전심의 유효기간이 오래가지 않아.'

기연에는 기한이 한정되어 있었다.

대략 한 달 정도 전후로 이심전심 주술이 유지될 것이라고 이한열은 예상했다.

*　　*　　*

역수!

하북성 북부를 관통하는 강이다.

모두 역주 남쪽을 흐르며, 하류는 백양정 또는 대정하로 흘러들어 간다. 연나라 태자 단이 형가로 하여금 진왕을 암살하도록 하고 역수에서 송별했다는 고사는 유명하다.

역수 강이 흘러가는 어양에 자리 잡고 있는 사파계열의 문파가 하나 있었다.

천랑문이었다.

숲 속을 노니는 늑대처럼 자유롭게 살고자 하는 경천랑 오석말이 말년에 세운 문파가 바로 천랑문이었다. 당시 경천칠패 가운데 한 명이었던 오석말은 대단한 무력을 지닌 사람이었다.

삼백 년 전 개파 초기에는 대단한 위세를 자랑하던 천랑문이었지만, 지금은 많이 몰락한 상태였다. 문도 수도 백 명을 넘지 못했고, 문도들의 무공수준도 대부분 이류 수준에 머물렀다.

백여 명에 달하는 이류의 무인들 그리고 일류수준의 무인 소수와 절정의 천랑문주 오건하로 인해 천랑문이 유지되고 있을 뿐이었다.

"책을 읽어 봤나?"

"예. 조장님. 모두 살펴보았습니다."

"글을 못 읽는 놈도 있잖아?"

"못 읽는 사람은 구술하는 자를 통해서 책의 내용을 청강하였습니다."

"어때?"

오문 조장이 물었다.

천랑문주 오건하의 방계 친척인 오문이었다.

그가 천랑문을 발전하기 위해 노력하고 있었지만 뾰족한 돌파구가 보이지 않았다. 손에 지푸라기라도 잡는 심정으로 당금 강호에 유명한 책을 파고들기로 했다.

"마도인으로서 통쾌함을 느꼈습니다."

"참으로 도움이 되는 책이었습니다."

"듣다가 감명받아 눈물을 다 흘렸습니다."

"주인공 신철우가 비열한 짓을 일삼던 무림맹을 박살 낼 때의 쾌감이 너무나 좋았습니다."

"저는 가슴이 벅차올라 구름 위를 떠다니는 기분이었지요."

조원들이 앞다퉈 입을 열었다.

실제로 한 명의 사람은 그때의 여운을 느끼면서 눈물까지 글썽거렸다.

"감정이 사막처럼 메말랐다고 하는 네놈이 눈물까지 흘렸다고?"

오문이 놀라워했다.

"거짓말이 아닙니다. 책 속의 주인공이 저와 다를 바가 하나 없더군요. 저 역시 정파의 비열한 놈들에게 속아서 한스러운 세월을 보내야만 했잖습니까. 마두로 찍혀 고향에도 찾아가지 못하는 신세도 똑같았습니다."

장육남은 파천마제를 들으면서 웃고 울며 순수하게 즐겼다. 자신과 비슷한 처지의 주인공의 이야기에 깊게 빠져들었다.

그는 이런 책을 써준 소요서생에게 진심으로 고마웠다.

오문이 손을 저으며 목소리에 힘을 주었다.

"네 감정은 알 바 아니다. 파천마제를 읽고 기연을 접한 사람은?"

오문이 조원들을 모두 불러 모은 건, 소요서생의 책을 접한 조원들이 기연을 접했는지를 살펴보기 위함이었다.

소요서생의 책에는 고대로부터 전해져 내려오는 무리와 무공들에 대한 설명이 자세하게 나와 있었다. 주인공이 펼치는 무공들에 대한 주석도 상당히 정교했다.

운기법과 운용법 등 중요한 부분이 빠져 있었지만 실제로 강호무림에서 존재하는 무공들도 책에서 등장했다. 물론 소요서생의 상상에서 만들어진 무공들도 있었다. 상상에서 탄생한 무공들도 실제로 존재하는 것처럼 현실성이 넘쳤다.

"재미있고 감동적이기는 했지만 기연은 없었습니다."

"쳇! 기연은 나에게 해당이 되지 않았네요."

"빌어먹을 기연 따위 개에게나 줘야 합니다."

무인들이 소란스럽게 떠들어 댔다.

그들은 소요서생의 책에서 깨달음을 얻어 무위가 신장되는 걸 꿈꿨다. 하지만 기연은 아무에게나 찾아오지 않고 희박했기에 기연이었다.

"우리 조에서는 아쉽게도 없는 모양이군."

적랑조의 조장인 오문이 안타까워했다.

청랑조에서는 소요서생의 책에서 기연을 접한 자가 나타났다. 이류에 불과하던 조원이 단숨에 검기를 뽑어내는 절정에 도달했다. 하급조원이었던 자가 하루아침에 조장으로 올라섰다.

천랑문에서는 그날 뒤로 소요서생의 책을 모든 문파 무인들이 읽을 수 있도록 조치했다.

"이걸 기연이라고 말해야 할지 모르겠습니다만……."

장육남이 입을 열었다.

"뭔데?"

"신철우가 익힌 일원보법에 대한 설명 가운데 시선을 정면으로 바라보면서 왼쪽 발을 한 뼘가량 뒤로 젖히며 언제라도 튀어 나갈 것처럼 준비하라는 부분이 있습니다."

"그런데?"

"저는 거기에서 도움을 받았습니다."

"무슨 도움?"

궁금한 오문이 장육남에게 바싹 다가섰다.

무슨 말이 나올지 다른 조원들도 일제히 장육남의 입에 집중했다.

"일원보법의 도움을 받으면 천랑문 낭월보법의 구태의 연함에서 완전히 벗어날 수도 있습니다."

"무슨 소리냐?"

오문이 진심으로 궁금한 표정을 얼굴 가득 드러냈다.

조원들이 귀를 쫑긋 세웠다.

조장과 조원들을 본 장육남이 빙긋이 웃으며 재차 입을 열기 시작했다.

"목이 마른데……."

"죽고 싶냐? 입 찢어지기 전에 빨리 알아낸 진리를 토해 내라."

"몇 마디 했다고 목이 마르다고 지랄이야."

"끝나면 술동이를 네놈 옆에다 가져다주마. 지금 당장 말해."

오문을 비롯한 조원들이 장육남을 보며 으르렁거렸다.

더 이상 지체했다가는 살인이라도 날 분위기였다.

"낭월보법은 먹이를 노리고 달려드는 늑대의 움직임을 보고 만들어진 경신법이지요."

"그렇지. 살기 어린 늑대의 움직임과 경신법을 기묘하게 결합시킨 것이 바로 낭월보법이다."

오문이 장육남의 말에 고개를 끄덕였다.

“공격할 때는 낭월보법의 진가가 잘 발휘됩니다.”

“맞다. 용천혈을 통해 진기를 강하게 뿜어내어 탄력적으로 뛰어 나가는 것이 요체이지.”

“공격일변도의 낭월보법은 정면에서는 강하지만 측면과 후방에서 약점을 드러냅니다.”

천랑문의 기초보법인 낭월보법의 정면에서의 움직임은 신랄하면서도 흉악했다. 하지만 그에 반해 측면과 후방으로 나아갈 때는 부족함과 빈틈이 넘쳤다.

“다 알고 있는 사실 되풀이할 필요 있나? 그만 지껄이고 본론으로 들어가.”

오문이 얼굴을 일그러뜨리며 화냈다.

“일원보법의 구절에 마음은 무한한 변화를 낼 수 있는 힘을 가졌다라고 했습니다. 정면은 항상 눈이 바라보는 방향에 따라 수시로 바뀌는 법이 아닙니까? 그리고 꼭 용천혈로만 진기를 뿜어야 합니까? 인체의 혈도는 육체 어디에나 있습니다.”

장육남이 말했다.

파천마제에는 일원보법의 정면에서의 움직임, 허리와 발이 측면에서의 움직임, 후방으로의 자세 등이 입체적으로 적혀 있었다. 이외에도 위와 아래의 방향으로 움직임 등이

글 내에서 세세하게 드러났다.

특히 일원보법은 인체에 있는 모든 혈도와 모공들을 통해 진기를 뿜어낼 수 있었다. 전력으로 달리다가도 혈도와 모공에서 뿜어낸 진기의 힘을 이용하여 기기묘묘하게 방향 전환이 가능했다.

장육남은 파천마제 소설에서의 일원보법을 모두 떠올리면 낭월보법의 나아가는 발과 측면과 후방에서의 약점을 지워나갈 수 있다고 믿었다.

"정면은 공간에서 하나의 평면에 불과하지. 정면이라는 구태의연함에 매달려 있었기에 낭월보법이 자연스럽게 않고 뻣뻣하게 된 거다. 그렇기에 측면과 후방이 약해졌어. 거기에 언제부터인가 용천혈에만 신경을 썼지."

오문이 불현듯 마음에서 떠오른 말을 내뱉었다.

그 역시 낭월보법의 뻣뻣함에 문제가 있다고 느껴왔다. 그렇기에 낭월보법을 팔성가량 익히고는 상위의 천랑보법으로 갈아탔다.

천랑보법은 낭월보법의 사나움을 줄이고 부드러움을 추가한 경신법이었다. 하지만 엄밀하게 말해 낭월보법의 공격성을 줄인 것에 불과했다. 장점을 죽이고 단점을 눈에 띄지 않게 만들었을 뿐이었다.

천랑보법이 낭월보법보다 효과적이지만 결코 뛰어나다

고 말할 수는 없었다.

낭월보법은 천랑문 시조가 만든 경신법으로, 한 줌 진기의 힘으로 자유롭게 숲 속을 노닐었다고 전해져 온다.

하지만 현재 천랑문의 문도들은 그런 이야기를 헛되다고 믿었다.

낭월보법의 묘리가 오문에게 새롭게 조명되기 시작했다.

"진기를 인체 전체에 뿜어내고, 정면이 고정되어 있지 않는다고……."

오문의 눈빛이 뜨겁게 불타올랐다.

오문이 한 때 혼신의 열정을 쏟아 천랑보법을 수련하던 때가 있었다.

"억! 진짜 기연이다. 모두 물러나."

오문의 몽롱하면서도 뜨거운 시선을 접한 장육남이 기겁했다.

"헉! 조장에게 기연이 찾아왔어."

"축하할 일이야."

"빌어먹을! 왜 내가 아닌데……."

제각각 놀라고 불평하며 축하하는 조원들이 오문에게서 멀어지기 시작했다. 저마다 표현이 달랐지만 오문에게 찾아온 기연에 대해서 그들은 가슴 밑바닥에서부터 자랑스러워하는 감정이 우러나왔다.

"우리들은 지금 천랑문이 새롭게 발전하는 역사적인 모습을 지켜보고 있는 거다."

"저분이 바로 우리의 조장님이다. 자부심을 가져도 충분해."

"오문 조장이 혼자서만 좋은 걸 차지할 사람이 아니잖아."

조원들이 소근거렸다.

그때, 흥분한 장육남은 머리카락이 곤두섰다.

오문에게서 벌어지고 있는 광경을 하나도 놓치지 않겠다는 듯, 그는 두 눈을 부릅떴다.

그 순간 그의 뇌리를 스치고 지나가는 것이 있었다.

"마음이 일체의 모든 것을 만들며, 세상의 모든 것은 마음으로 이루어진다."

장육남이 자신도 모르게 부지불식간에 부르짖었다.

그 소리에 놀란 조원들이 일제히 장육남을 쳐다보았다.

"조용히 해."

"조장님의 기연을 방해하지 마."

하지만 조원들의 말은 장육남에게 닿지 않았다.

파천마제에서 읽었던 내용들이 장육남의 머릿속에 줄줄이 떠올랐다. 그리고 오문에게서 흘러나오는 찌릿찌릿한 기운이 그의 육체를 자극했다.

장육남은 가슴이 벅차올라 더 이상 입을 열 수 없었다.

스르륵!

자연스럽게 장육남이 눈을 반개했다.

"헉! 저놈도 깨달음을 얻고 있네."

"크아악! 배 아프다. 저런 놈도 기연을 접하는데, 나는 대체 뭐야?"

"이럴 수는 없는 거야."

"휴우! 하늘도 참으로 불공평하시지."

조원들이 뜬금없이 기연을 접한 장육남에게 불평불만을 쏟아 냈다.

오문과 장육남의 얼굴에 환한 미소가 번졌다.

*　　*　　*

당금 무림에서 정파무림이 무림사 이래 최대의 전성기를 누리고 있었다. 이런 일이 벌어지게 된 건 명을 건국한 주원장의 영향이 지대했다.

백련교의 지원을 받아 황제에 등극한 주원장은 후에 배신을 했다. 백련교를 비롯한 사마외도를 철저하게 탄압하는 정책을 취했고, 반대로 정파무림에 막대한 재정적 지원을 펼쳤다. 가장 큰 혜택을 받은 무당파의 성세가 황실의 지원으로 인해 열 배 이상 성장했다. 무당파 보다는 지원이 약했지만 다른 구파일방들도 최소한 세 배 이상으로 성세를 넓혔다.

남궁세가와 하북팽가 등을 비롯한 역사가 깊은 정도무림세가들도 많은 혜택을 입었다. 소금 전매권과 광물 채굴 등 막대한 이득을 챙길 수 있는 독점권리를 황실로부터 받아냈다.

재정적으로 풍족해진 정도세력들은 그야말로 파죽지세로 성장했다.

그에 반해 사마외도들은 철저하게 황실로부터 탄압을 받아 어려움을 겪어야만 했다. 그리고 강성해진 정도세력으로부터 공격을 받았다.

사마외도의 무림세력이 급속도로 약해졌다.

특히 북경이 포함된 하북성에서 사마외도들이 기를 펴지 못하고 있었다.

하북성 서북부에 있는 도시 선화는 장기구의 남쪽에 있다. 무주 또는 선부진이라고 불리기도 했다. 계방산에 탄전이 있고, 연통산에 철광이 있다.

물산이 풍부한 선화에는 예로부터 많은 정사마의 소규모 문파들이 산재했다. 하지만 이제는 정파의 문파들이 상당수 있었고, 사마의 문파들 숫자가 다섯 개를 넘기지 못하고 있는 실정이었다.

굴을 파서 석탄을 캐는 광부들로 이뤄진 광곡부는 사파계열이었고, 철광석을 캐는 광부들로 구성된 철화채는 녹림계열의 문파였다. 철화채의 구성원들은 분명 산적들이었다. 하지만 철화채는 특이하게도 철광석과 대장간의 운영으로 산채를 꾸려나갔다.

특이한 사마의 문파들이었기에 황실이 존재하는 하북성에서 광곡부와 철화채가 현재까지 살아남았다.

"소요서생의 책은 단순한 소설이 아니라 강호를 바로잡으려는 계획이 담긴 책이오."

광곡부주인 별보숭이 탁자 위에 놓인 여러 권을 책을 의미심장하게 바라보았다. 하나같이 소요서생이 집필한 책들이었다.

두 자루의 손 곡갱이를 들고서 날뛰면 야차같이 피를 본다는 별보숭의 별호가 혈혼추라였다. 한때 미친 듯이 날뛰던 혈혼수라 별보숭이었지만 이제는 허연 수염과 백발을 늘어뜨리고 있었다.

육체는 늙었지만 단전에 쌓은 진기가 더욱 강력해졌기에, 그의 눈빛은 여전히 강렬했다.

"마도를 마도답게 하려는 소요서생의 원대한 뜻을 마도인들이라면 알 겁니다."

철화채주 순해관이 말을 받았다.

광부이자 대장장이인 그는 한 자루 망치로 적어도 백 명 이상의 적을 때려잡은 살인마였다. 하지만 그가 죽인 자들은 전부 녹림도들이었다. 철광석과 대장간에서 만든 병장기를 팔아 돈이 많은 철화채를 노리고 달려들던 녹림채들이 많았었다.

다른 녹림채들과의 싸움으로 인해 철화채도 많은 피해를 입어야만 했다. 그래도 선두에서 망치로 적들의 머리를 부수던 순해관으로 인해 아직까지 철화채가 건재하였다.

광곡부주 별보숭과 철화채주 순해관이 모처에서 전격적으로 회동하고 있었다.

"무림은 정도만의 것이 아니라 강호인 모두의 것이오. 그걸 소요서생이 책으로 보여 주고 있소."

나이가 많고 배분이 순해관보다 두 배는 높은 별보숭이 순해관에게 하대를 했다. 하지만 한 채의 채주인 순해관을 존중해 주고 있었다.

별보숭이 무림에 진출할 때 엄마 배 속에도 있지 않았던 순해관도 불만이 없었다. 만약 존중해 주는 부분이 없었다면 당장 망치를 들고 설쳤을 테지만…….

순해관이 훌륭한 대장장이 솜씨를 지니고도 산적들의 우두머리가 된 건 다혈질적인 성격 때문이었다.

"마도가 힘을 내려면 파천마제에 등장하는 집마성처럼 절대적인 단체가 필요합니다."

"내 생각도 그렇소. 집마성이 강호에 나타난다면 마도가 정파에 비참하게 억눌리지 않을 것이라고 장담하오."

"파천마제에서 적혀 있기를 흩어지면 마두고, 뭉치면 마웅이라고 했습니다. 마두들이 뜻을 합쳐 마웅이 되면 되는 일 아니겠습니까?"

순해관이 눈빛을 반짝였다.

파천마제를 읽으면서 가장 인상을 받았던 구절이었다.

"바로 그렇소."

별보숭이 동의하며 재차 입을 열었다.

"사마외도 출신으로서 어려운 시기를 보내면서 나는 생각을 많이 해 보았소. 명 황실과 정파무리들에게 온갖 차별을 받아 참으로 고통스러웠다오. 나만 홀로 있다면 두 자루 곡괭이를 들고 날뛰고도 남았소. 하지만 고통을 견디며 함께 살아가고 있는 광곡부의 형제들 때문에 그러지 못했지. 내가 펼치는 살수가 형제들에게 돌아온다는 사실을 알았기 때문이오. 이제는 이 잘못된 현실을 바로잡아야 하오. 그래서 형제들과 내 자식이 부당한 대우를 받지 않도록 만들겠소."

별보숭이 말하는 동안 순해관이 꼼작도 하지 않고 그의

이야기에 귀를 기울였다.

"맞습니다. 사마외도라는 사실만으로 대접받지 못한다는 현실은 너무나도 잘못된 겁니다."

순해관이 고개를 끄덕거렸다.

사마외도들이 정파무리들보다 나쁜 짓을 많이 하는 건 부정할 수 없는 사실이다. 하지만 일부의 잘못으로 인해 사마외도 전체가 지탄을 받는 건 문제였다.

사마외도의 형제와 자식들이라는 자체만으로 손가락질을 받아야 한다고?

"소요서생은 잘못된 현실을 글로써 지탄하고 있소. 그리고 의기소침해 하고 있는 우리들에게 용기를 주오."

"백번 지당하신 말씀입니다. 소요서생의 책을 읽으면 절로 힘이 납니다. 앞으로 더 많은 사람들이 볼 수 있도록 책을 만들어서 배포해야 합니다."

"좋은 생각이오."

"소요서생의 모든 책을 금속활자본으로 만들겠습니다. 책들을 마구 찍어내서 세상에 내놓겠습니다. 그렇게 되면 더 많은 동지들이 생겨날 겁니다. 그리고 세상의 험악한 눈초리도 보다 부드럽게 풀린다고 확신합니다."

"나도 한 손 보태겠소이다."

평소 돈이라면 벌벌 떨던 수전노 별보숭이 돈을 내놓겠

다고 이야기했다. 어렵게 살면서 광곡부를 꾸려나가도 보니 자연스럽게 수전노가 된 것이었다. 그런 그가 대범하게도 대의를 위해서 희생을 감수했다.

"그렇게 해 주신다면 고마울 따름입니다. 부주님 같은 분이 계시기에 우리들이 떳떳하게 살아갈 수 있습니다."

순해관이 고개를 조아렸다.

그는 산적 출신이라는 사실로 인해 한때 신세를 한탄하면서 보냈다. 꼬리표처럼 따라다니는 산적출신이 참으로 그를 아프게 만들었다.

"산적도 의적이 될 수 있고, 사마외도에도 영웅이 있는 법이오. 파천마제의 주인공처럼 비열한 정파무리를 척결하며 우리도 사람처럼 살아봅시다."

"맞습니다. 사마외도의 무리도 훌륭한 일을 해낼 수 있다는 사실을 온 누리에 보여 줄 필요가 있습니다."

그들이 의기투합했다.

부조리한 현실을 타파할 수 있다는 자신감이 그들에게 넘쳐흘렀다.

스팟!

팟!

열정적으로 빛나는 눈빛이 마주치면서 불꽃이 튀었다.

"우리가 모일 단체의 이름을 뭐라고 하실 생각입니까?"

"다른 이름이 필요하겠소? 집마성이면 족하오."

"옳습니다."

짝!

순해관이 손바닥을 마주치며 좋아했다.

"이제 우리가 나아갈 길이 정해졌으니 같은 생각을 가지고 있는 동지들을 모으시오."

"알겠습니다."

"최대한 자연스럽게 해야 하오."

"물론입니다. 우리들의 계획을 눈치채고 정파무리들이 움직이면 크게 욕을 볼 수도 있다는 사실을 잘 알고 있습니다."

"다음 달에 내 생일이 있소. 생일을 핑계로 연회를 크게 베풀 생각이오."

"좋은 생각입니다. 저는 창고에 쌓여 있는 괜찮은 병장기를 저렴한 가격에 풀어 동지들을 끌어들이겠습니다."

"노력하면 좋은 세상이 올 것이오."

별보숭은 스스로 말하면서도 가슴이 뿌듯해져 왔다.

형제와 자식들을 위해 노력할 수 있다는 사실만으로도 그는 기뻤다. 친지들을 위해서 뭐든지 할 수 있는 자신감으로 넘쳤다.

순해관도 마찬가지였다.

"좋은 세상이 오지 않고 미적거린다면 강제로 오도록 만들어야지요."

"너무 오랫동안 함께 있으면 의심하는 놈들이 있을지 모르니 이만 헤어집시다."

"다음에 뵐 때까지 무운을 빌겠습니다."

그들이 모처에서 헤어졌다.

비록 그 시작이 미미했지만 지리멸렬하던 마도의 무리들이 하나둘씩 이합집산을 하려고 했다. 소요서생의 책을 접한 사마외도들은 집단의 힘을 깨달았다.

별보숭과 순해관의 합작으로 인해하북성 선화에 집마성이 들어설 기틀이 마련됐다.

그런데 집마성은 하북성 선화에만 만들어진 것이 아니었다.

다른 성과 지역에서도 사마외도들이 집마성이란 현판을 내걸었다.

사마외도들이 다양한 지역에서 집마성이란 이름으로 하나둘씩 모이기 시작했다. 평소 정도세력에게 밀리면서도 권력을 잡으려고 혈안이 되어 있던 탐욕스러운 사마외도들이 하나로 뭉치려고 노력했다.

집마성이란 이름으로 뭉쳐야 제대로 힘을 발휘하는 사마외도의 세상이 만들어진다는 사실을 깨달았기 때문이었다.

소요서생의 책이 억압받고 핍박받던 사마외도들에게 기름을 부었다.

第十章
집마성

정총은 중원무림의 패권을 움켜쥐고 있는 백도무림집단체이다. 정총을 내세워 전통의 구대문파와 정도오대무림세가를 비롯한 백도문파들이 엄청난 위상을 유지할 수 있었다.

그러나 명의 쇠퇴조심이 확연해지면서 중원무림의 질서가 흔들렸다. 무능한 황제들의 등장으로 명의 국력이 지속적으로 쇠퇴하면서 중원이 격렬한 혼란의 소용돌이 속으로 휘말렸다.

명은 대청군에게 연전연패했다.

명나라 군대가 사루후에서 참패한 직후 개원이 무너졌

고, 정치 · 군사적 요충인 요양과 광녕마저 넘어갔다. 명은 요하 동쪽 지역에 대한 지배권을 상실했다.

명나라의 분위기가 뒤숭숭했다.

그리고 정총도 혼란의 소용돌이에서 벗어나지 못하고 허우적거렸다.

발신 : 천안삼호

수신 : 신안전

상황보고 : 소요서생

한동안 잠적했던 소요서생이 다시 등장했습니다.

신작 파천마제가 파란을 일으키며 매일 엄청나게 팔려나가고 있습니다.

북경의 서점들에서는 많은 매출을 벌게 해 주는 소요서생을 강력하게 지지하고 있습니다. 최근에는 북경의 거의 모든 서점에 소요서생의 책들이 비치되고, 찾아오는 무인들에게 추천해 주고 있습니다.

책들의 유통경로를 추적하고 있지만, 개인적으로 과연 효과적일지 회의적인 시각입니다. 입증되지는 않았지만 소요서생을 비호하는 거대한 암중세력이 있으며, 저의 움직임도 이미 알고 있을지 모른다는 우려가 듭니다.

냉정하게 말해서 현재로써는 소요서생을 찾을 길이 없습니다. 지금보다 많은 요원이 동원되고 관의 협조까지 얻어야만 소요서생을 찾을 수 있는 길이 희미하게나 보일 겁니다.

북경에서 저의 움직임에 제한이 상당합니다.

동창과 금의위에서 저를 추적하고 있습니다.

벌써 동료 두 명이 관에 사로잡혀 끌려간 상황입니다.

제가 언제까지 소요서생을 추정할지 장담을 할 수가 없습니다. 마지막까지 최선을 다해 소요서생을 추적하도록 하겠습니다.

정총에서 파견된 정보원들을 동창과 금의위가 쫓고 있었다. 그렇지 않아도 황실에 난이 일어난 어수선한 시기였다. 강호무림에서 절대적인 힘을 발휘하는 정총의 정보원이 북경에서 활보하는 걸 동창과 금의위가 그대로 방치할 수는 없는 노릇이었다.

발신 : 천안 오호

수신 : 신안전

상황보고 : 우후죽순 등장하는 집마성들

현재까지 칼이 아닌 붓으로 정총을 공격해온 선례는 한 번도 없었습니다. 칼이 붓을 꺾지 못 하나는 말을 소요서생이 증명하고 있습니다. 책을 통한 흑색선전은 가장 간단하면서 효율성이 높은 공격방법입니다.

사마외도들이 파천마제에 등장하는 절대적인 집마성을 현실에서 만들고자 하고 있습니다. 벌써 절강성에 세 개의 집마성이 현판을 내걸었고, 계속 늘어날 거라 확신합니다. 거기에 은거하고 있던 전대 사마외도의 고수들까지 등장하고 있는 실정입니다.

최악의 경우 집마성들이 하나로 통합된다면 정총을 위협할 수 있는 거대한 세력으로 성장할 것임.

갑작스러운 집마성의 등장이 정총의 절대적인 힘을 약화시키려 하고 있었다. 여러 곳에 등장한 집마성들을 조사하기 위해 많은 정보원들이 투입됐지만 그 효과가 미미했다. 정보원들이 사마외도의 무인들에게 정체를 발각당해 목숨을 잃어버리기까지 했다. 정총의 입장에서는 많은 비용과 시간을 들여 만들어 놓은 정보요원들과 비선들을 파괴당했다.

"신안팔호에게서 온 정보 취합했어?"

"했습니다."

"천안사호는 어떻게 됐나?"

"열흘 전부터 연락이 끊겼습니다."

"실종인가?"

"아무래도 정체가 발각된 것 같습니다."

"음! 또 한 명의 희생이 발생한 것인가? 혹시 모르니까 천안사호가 마지막으로 활동한 곳을 살펴봐. 도움을 줄 수 있는 상황이면 천안사호를 빼내도록 해."

"알겠습니다."

"죽었다고 알려진 고루마왕이 신강성 청해의 집마성주가 되어 나타났습니다."

"맙소사! 그는 전대의 십대마왕 가운데 한 명이잖아. 고루마왕에게서 눈을 떼지 마."

중원과 새외에 점점이 흩어져 있는 수백 명의 요원들에게서 전해져오는 정보들을 신안전에서 취합했다. 취합된 정보들을 가지고 어떤 유리한 방향으로 이끌지 구체적인 정총의 방향을 정할 수 있었다.

"정말로 사달이 벌어졌구나."

신응구가 중원과 새외가 포함된 거대한 전도를 바라보면

서 중얼거렸다.

전도에는 붉은 깃발들이 곳곳에 꽂혀 있었다.

그것들은 하나같이 집마성이란 현판을 내건 문파들을 상징했다. 대륙 곳곳에 삼십 개가 넘는 집마성이 자리를 잡았다.

"자네의 예상이 틀리지 않았어."

조용하면서도 위엄 있는 목소리가 신응구의 옆에서 울렸다.

제갈인길이 전도를 훑어보면서 아쉬워했다.

"처음부터 정총의 총력을 기울여서 소요서생을 잡았어야 하는데……."

"최악의 상황을 가정하기는 했지만 저도 정말 이렇게까지 될 줄은 몰랐습니다."

신응구는 소요서생의 위험함을 알렸다.

상관인 신안전주에게 누차 소요서생에 대해 면밀하게 조사해야 한다고 말했지만 통하지 않았다.

제갈인길이 합류하면서 군사부의 도움이 약간 있었지만 생각보다 크지 않았다. 군수부에서도 소요서생을 대수롭지 않게 여겼다.

단지 정총의 총군사 제갈인천과 같은 피를 가지고 있는 제갈인길이 나섰기에 약간의 지원만 했을 뿐이었다.

그리고 그런 어설픈 대응은 엄청난 재앙으로 되돌아왔다.

"이번 파천마제의 내용이 심상치 않다지?"

"총사를 대놓고 비방한 글입니다. 총사의 성품과 알려지지 않은 비밀스러운 일들까지 글에 실려 있습니다. 마도제일화라고 등장하는 여인의 일이 전대 피진산장의 일과 거의 유사합니다. 하지만 뒷부분에 가서는 참으로 말도 안 되는 유언비어를 남발하고 있습니다."

신응구가 얼굴을 찡그렸다.

평범한 사람으로서 결코 알 수 없는 정총의 수뇌인 천강매화 장호경의 비밀을 파천마제란 소설에 그대로 까발려져 있었다.

파천마제에 등장하는 인면수심의 탈을 쓴 정파고수의 이름은 장호경이 아니고, 절대적인 정파의 결집체인 무림맹도 정총과 달랐다.

하지만 알 만한 위치에 있는 사람은 파천마제의 통렬한 질타가 천강매화 장호경과 무림맹에 대한 지탄이라는 걸 눈치챘다.

신응구는 장호경의 특급비밀을 알만한 위치에 있지 못했다.

화산파의 태대장로이자 정총의 총사인 천강매화 장호경

의 성품은 거칠고 우유부단한 편이다. 그는 같은 구대문파의 사람들에게까지 덕망을 잃어버렸다.

마도제일화였던 혈봉황 양화영을 품에 안기 위해 그녀의 소속문파였던 피진산장을 멸문하게 한 일은 장호경의 커다란 치부였다.

피진산장이 비록 마도계열 소속이지만 사람들에게 지탄받을 짓을 결코 하지 않았다.

천강매화 장호경은 피진산장에서 대량살상무기인 극독을 개발하고 있다는 우려를 표했다. 피진산장이 거세게 반발했지만 장호경은 시간을 끌 수 없다며 직접 정총의 고수들을 이끌고 출정했다.

정총의 고수들과 장호경에 의해 피진산장이 쑥대밭으로 변했다. 그 이후 장호경이 피진산장에서 극독을 찾아냈다고 말했고, 증거로 무영지독의 일종인 무흔색독과 만상생멸독을 내보였다.

그 와중에 마도제일화 혈봉황 양화영은 흔적도 없이 사라졌다.

그녀가 어디에 있는지 아는 사람은 몇몇 사람을 제외하고는 없었다.

"음! 정총을 붕괴시키려고 하는 참으로 악랄한 수작이야."

제갈인길이 탄성을 흘렸다.

정파라는 사실에 자부심을 가지고 있는 그도 파천마제의 내용이 말도 안 되는 허구라고 믿었다.

하지만 파천마제에는 실사를 바탕으로 한 허구가 있었다.

동창에서 활동하면서 이한열은 많은 정보들을 보았다.

황자지란에서 큰 공을 세우고 난 뒤 그의 신분이 오르면서 동창의 특급비밀들까지 열람할 수 있는 권한이 생겨났다. 정보의 바닷속에서 이한열이 정총의 수뇌인 장호경의 비밀을 알아냈다.

막대한 힘과 엄청난 무인들을 보유하고 있는 정총은 황실에서 항상 예의주시하고 있는 단체였다. 황실에서는 정총에 많은 사람들을 침투시켜 놓았고, 그로부터 얻는 특급정보들을 차곡차곡 쌓아두었다.

그런 특급정보들을 이한열이 이번 신작 파천마제에서 소재로 활용해 버렸다.

"책을 집필한다는 건 어떻게 됐습니까?"

신응구가 제갈인길을 바라보며 물었다.

예전에 소요서생에 대항하기 위해 제갈인길도 책을 쓴다고 했었다. 한동안 제갈인길이 집필한다고 두문불출하던 적이 있었다.

신응구는 제갈인길의 필명이 무엇인지 아직까지 몰랐다.

"그것이 잘 안 됐다네."

제갈인길이 씁쓸하게 이야기했다.

"책은 광고도 중요합니다. 말씀하시면 공작을 펼쳐 사람들의 입에 오르내리도록 만들겠습니다. 화제가 되면 책들이 널리 퍼질 겁니다."

"가문의 절기인 천기미리보의 무리까지 약간 포함시킨 항마록이라는 책을 시중에 내놓았지만 반응이 차가웠다네."

"아! 필명이 신비자였군요. 권선징악을 다룬 항마록이 무척이나 구태의연하던데……."

신응구가 항마록에 대해서 이야기하다가 황급히 입을 닫았다.

책을 좋아하는 그는 항마록의 앞부분을 살펴보았다.

구태의연하면서 지나치게 딱딱한 항마록에는 독자들의 흥미를 끌 요소가 너무나도 부족했다. 글을 쓴 사람의 한계가 너무 뚜렷하게 드러났다.

글은 단순히 지식을 많이 안다고 해서 재미있으면서 감동적으로 쓸 수 없었다. 재능이 넘치는 제갈인길이었지만 글쓰기에는 부족함이 넘쳤다.

어색한 침묵과 함께 그들 사이에 말이 사라졌다.

그때였다.

"전주님께서 찾으십니다. 제갈인길 님도 함께 오라고 말씀하셨습니다."

"알았네."

"바로 가지."

신응구와 제갈인길이 신안전주의 집무실로 향했다.

신안전주 백리허광의 귀에까지 소요서생의 이야기가 들어갔다. 비로소 심각성을 깨달은 신안전주가 오랫동안 소요서생을 쫓으며 주목한 두 사람을 찾았다.

전형적인 백도명문가 백리세가 출신인 백리허광은 학자이자 무인이다. 무위가 특별하지는 못했으나 정보를 다루는 능력이 탁월하여 신안전주에 오를 수 있었다. 악과 비리에 타협하지 않고 강경하게 대처하는 사람이었다.

백리허광이 직접 손에 피를 묻히지는 않았지만 정총과 신안전의 능력을 이용하여 사마외도들의 죄상을 낱낱이 파헤쳐 강호에서 무림공적으로 만들어 버린 적도 많았다.

그가 삼십 년 전 하남성의 마두인 묵룡혼원마 정민시를 무림공적으로 몰아가는 공작을 펼쳤다. 하지만 그 과정에서 공작이 들통 났고 정민시에게 부인과 아이들을 사로잡혔다.

부인과 아이들을 살려 주는 대신 무림공적에서 빼달라고

정민시가 협상을 제시했지만, 백리허광은 불의와 타협하지 않았다.

그로 인해 백리허광은 정민시를 죽이기는 했지만 부인과 아이들을 잃어버렸다.

사랑하는 가족들을 악인에게 잃은 후로 악을 더욱 사갈시하는 백리허광이었다.

"신응구가 신안전주를 뵙습니다."

"제갈인길이 신안전주를 뵙습니다."

"어서들 오게. 요즘 아주 해괴망측한 책들이 절찬리에 팔리고 있다고 하던데……."

백리허광의 눈빛이 강렬하게 빛났다.

비수처럼 번뜩거리는 눈빛이 금방이라도 악의 무리를 처단할 것만 같았다.

"그렇습니다. 파천마제란 책입니다. 그 외에 귀곡살수, 흑도영웅, 낭인장고란 책들도 있습니다."

신응구가 대답했다.

"사마외도들이 즐겨 읽는다는 책들에 대해 잘 알고 있군."

"전주님! 사마외도들만 읽는다고 단정할 수 없습니다. 지금 정총의 일부 사람들도 소요서생의 책을 사서 읽고 있습니다."

"뭣이! 우리 정총의 사람까지 불온한 책들을 접한다는 말이냐?"

백리허광이 기겁했다.

악을 미워하는 그가 잔뜩 흥분한 기색을 드러냈다.

그는 소요서생의 책을 가지고 있는 사람을 당장에 잡아 올 정도로 흥분하였다. 정총에서 사마외도의 무리를 좋게 봐 주는 불온서적을 용납하지 못했다.

"그렇습니다."

"대체 뭐가 부족해서 정총의 사람들이 그런 불온서적들을 읽는단 말이냐?"

"책의 내용이 문제이기는 하지만 그 안에는 다양한 무공과 무리들이 상세하게 설명되어 있습니다. 그리고 책을 읽다가 간혹 기연을 접하는 사람들이 나오는 실정입니다. 그래서 책을 찾는 사람들이 많습니다."

"소설책에서 기연을 접한다고?"

백리허광은 믿기 어려웠다.

기연이란 쉽게 찾아오지 않는 신기루와 같은 것이었다.

기연을 한 번도 경험하지 못하는 강호인들이 부지기수였다. 좋은 가문에서 태어나 명사들에게 지도받은 백리허광도 기연과 인연이 없었다.

비록 무위가 낮지만 백리허광도 무인이었다.

그도 기연이 찾아오기를 간절하게 바라고 있는 강호인 가운데 한 명이었다.

"정총 무인들 가운데 두 명이 소요서생의 책을 읽던 중 기연을 경험했습니다."

"참으로 기이한 일이로군. 시간을 내서 책을 살펴봐야겠어."

백리허광이 중얼거렸다.

신안전을 책임지고 있는 수장으로써 무척이나 바쁜 시간을 보내고 있는 그였다. 하루의 시간을 칼같이 쪼개서 사용하고 있었다. 그런 그가 어떻게든 시간을 마련하여 소요서생의 책을 읽어보겠다고 다짐했다.

"적을 먼저 알아야 한다는 생각에 제가 불온서적들을 샅샅이 훑어보았습니다."

신응구는 소요서생의 책들을 구해서 처음부터 끝까지 모두 다 읽어보았다. 글자 하나하나 집중해서 살펴보았기에 이제 완전히 책을 외울 지경이었다.

"책들에 대체 무슨 내용들이 쓰여 있는 거지?"

백리허광이 몹시 흥분했다.

"어렵고 힘든 처지의 사마외도 출신의 주인공들이 성장하여 인면수심의 정파인을 쓰러뜨린다는 내용이 주를 이루고 있습니다."

"그곳에 무림맹도 등장한다고?"

"예."

"무림맹이지만 실상은 정총을 빗댄 것이라는 이야기가 있던데?"

"소설 속에 등장하는 무림맹의 체계가 정총과 한 치도 다르지 않고 똑같습니다. 그리고 그곳에 등장하는 인물들도 상당히 유사한 편입니다."

"이번 신작에 총사에 대한 내용도 있다던데?"

"맞습니다. 무림맹주로 등장하는 자의 출신이 화산파이며 태대장로라는 신분도 똑같습니다. 이는 총사인 천강매화 장호경을 빗대어 이야기했다는 평가가 지배적입니다."

소설 속의 무림맹주는 주인공 다음으로 많은 분량을 차지하고 있었다. 겉으로 공명정대한척하지만 실상 많은 비열한 짓을 저질렀다. 그로 인해 강호가 난세에 접어들어, 많은 무인들이 피를 흘렸다.

"피진산장까지 등장한다고?"

"내용을 입 밖으로 꺼내기 어려울 정도로 비열하게 묘사하고 있습니다."

신응구가 입에 담기도 어려워했다.

그러자 백리허광이 더 궁금해서 재촉하였다.

"대체 무슨 내용을 담고 있기에 말을 꺼내기 어려워하

나? 상관없으니까 편히 말해 봐."

신응구가 천천히 입을 열기 시작했다.

"그럼 말씀드리겠습니다. 하오나 허무맹랑한 이야기는 한 귀로 듣고 한 귀로 흘려버리십시오. 괜히 마음에 담아 뒀다가는 심화만 일어날 뿐입니다."

"알았으니 소상히 말해 봐라."

"지금 제가 하는 말은 파천마제 책에서 무림맹주를 묘사한 글귀와 내용들이라는 점을 명심해 주십시오. 공명정대한 무림맹주는 실상 포악하고 음흉한 자이며 미녀를 밝힌다. 그리고 무림맹주에 올라서기 위해 정적들을 모함하거나 사람들을 죽인 경우도 적지 않다. 또 사사로운 욕심으로 금은보화를 모았으며, 오랫동안 무림맹주를 역임하기 위해 갖은 모략을 꾸몄다. 피진산장은 이를 보여 주는 대표적인 일이다. 역사와 전통이 깊은 피진산장에 있던 많은 금은보화가 멸문 과정에서 사라졌으며, 마도제일화도 흔적도 없이 없어졌다. 그리고 피진산장과 싸우는 과정에서 무림맹주의 정적들도 크게 다치거나 죽었다. 피진산장의 일로 가장 큰 이득을 본 건 음탕하면서 욕심 많은 무림맹주이다. 입에 담기도 불경스러운 내용들입니다."

"감히!"

백리허광이 의자에서 벌떡 일어났다.

부르르! 부르르!

얼마나 분노했는지 그가 몸을 부들부들 떨었다.

백리허광이 눈빛이 요란하게 흔들렸다.

"말도 안 되는 이야기라고 했잖습니까. 단지 소설 속의 내용에 불과하니 진노를 거두십시오."

"……."

경악한 백리허광이 입을 열지 않았다.

'어느 누가 감히 과거 피진산장의 일을 세상에 꺼내놓은 것이냐?'

백리허광이 놀란 건 패천마제의 내용이 허언이기 때문이 아니었다.

진실이었다.

과거 피진산장에서 벌어졌던 일을 백리허광이 누구보다 잘 알았다.

백리허광은 정총의 총사 천강매화 장호경의 심복이었다.

그렇기에 정보를 담당하는 중요한 신안전을 백리허광이 오랜 시간 차지할 수 있었다.

피진산장의 금은보화는 장호경의 비자금이 사용되었고, 마도제일화였던 혈봉황 양화영은 장호경의 애첩으로 한동안 전락했다. 한동안 양화영을 데리고 놀던 장호경이 이내 싫증을 느꼈다. 그 뒤로 세상에서 완전히 사라진 양화영을 볼 수 있는 사람은 아무도 없었다.

세상에 결코 드러나지 않아야 할 장호경의 비밀이었고, 그런 비밀을 지켜야 할 백리허광이었다. 비밀이 만천하에 드러났으니 백리허광이 기겁할 수밖에 없었다.

몸까지 부들부들 떠는 백리허광을 신응구와 제갈인길은 분노했다고 오해했다.

백리허광이 떨리는 목소리로 이야기를 다른 곳으로 돌렸다.

"도대체 소요서생은 어떤 작자인가? 자네들이 책의 저자인 소요서생을 추적했다고 들었다. 소요서생에 대해 알고 있는 바를 모두 이야기해 봐."

"……."

딱히 보고할 부분을 찾지 못한 신응구가 입을 다물었다.

백리허광의 시선이 제갈인길에게 머물렀다.

신안전과 군사부의 힘을 빌리고도 뚜렷한 성과를 내지 못한 제갈인길이 대답하지 못하고 침묵했다.

백리허광이 둘의 얼굴을 하나씩 훑어보았다.

아무 대답이 없자, 백리허광이 대답을 재촉하기 위해 다시 물었다.

"둘 다 입을 다물기로 약속했나?"

"죄송하지만 알아낸 바가 없습니다."

신응구가 대답하면서 백리허광의 눈치를 살폈다.

"저도 마찬가지입니다. 성과가 없었습니다."

제갈인길이 자괴감에 고개를 떨어뜨렸다.

다방면으로 소요서생을 알기 위해 노력하였지만 단 하나의 결실을 얻어내지 못했다. 그도 그럴 것이 이한열은 책만 집필할 뿐 유통에 대해서 일절 관여하지 않았다. 게다가 책의 저자라는 사실을 숨기기 위해 각별한 주의를 기울이고 있었다.

"북경에서부터 책이 퍼졌다면서? 그렇다면 십중팔구 북경에 소요서생이 있을 테지."

백리허광이 예리하게 지적했다.

"결코 장담할 수 없습니다. 수색에 혼선을 주기 위해 기만술일 수 있습니다."

"신응구의 의견에 동의합니다. 수많은 사람들이 오가는 북경에서 가장 먼저 책을 내보였을 가능성도 있다고 사료됩니다. 오가는 사람들이 소요서생의 책을 사가서 지역으로 터트리고 있습니다."

손응구와 제갈인길이 백리허광의 지적에 반발했다.

꼬리를 잡히지 않고 있는 소요서생의 주도면밀한 행동으로 볼 때 북경에서 생활하고 있다고 단정을 짓기는 곤란했다.

"전폭적인 지원을 아끼지 않겠다. 신안전에 남아 있는 요원들을 모두 투입해서 소요서생의 정체를 파악할 수 있도록 한다. 신응구 네가 투입된 요원들을 관리하도록 하고, 매일 보고하도록 해."

백리허광이 지시를 내렸다.

"명을 받듭니다."

"총군사께 협소를 구할 테니까 제갈인길 자네도 손응구를 돕도록 해."

백리허광이 소요서생을 찾기 위해 지금까지 손응구와 손발을 맞춘 제갈인길을 사용하고자 했다.

"존명!"

제갈인길이 포권하며 명을 받아들였다.

제갈인길은 기필코 잡아서 소요서생의 면상을 확인하고만 싶었다. 그동안 느꼈던 굴욕을 소요서생에게 되갚아 주고 싶은 마음이 굴뚝같았다.

"하루라도 빨리 소요서생을 잡지 못하면 강호의 동도들이 정총을 우습게 알 것이다."

"맞습니다. 소요서생을 전주님의 앞에서 무릎 꿇도록 만들겠습니다."

"우습게 되도록 방치해서는 안 됩니다. 빠른 시간 내에 소요서생의 정체를 밝혀내어 사로잡겠습니다."

신응구와 제갈인길이 각오를 다졌다.

그런 모습을 흡족한 눈초리로 보면서 백리허광이 고개를 끄덕거렸다.

"자네들이 해결해 줄 것이라 믿겠네. 이제 나가서 일을 처리하게."

백리허광은 둘의 재능을 눈여겨보고 있었기에 충분히 해결할 것이라고 믿었다.

"좋은 소식과 함께 돌아오겠습니다."

"최선을 다하겠습니다."

신응구와 제갈인길이 백리허광의 집무실을 나섰다.

스르륵!

문이 닫히자, 홀로 남게 된 백리허광의 눈빛이 서늘하게 번뜩거렸다.

"주군께 보고를 올려야겠어."

백리허광은 이번 일을 홀로 감당할 수 없다고 판단했다.

슥!

자리에서 일어난 백리허광이 정총의 총사 천강매화 장호경을 만나기 위해 움직였다.

第十一章

남산서원

퇴청을 한 이한열이 별채로 들어서니, 오랜만에 보는 얼굴이 보였다.

"대인을 뵙습니다."

천화거리에서 골동품을 거래하는 정방보가 고개를 깊숙이 숙였다.

이한열의 그늘 아래서 골동품을 취급하는 정방보의 얼굴은 예전보다 더욱 좋아 보였다.

이한열의 지원 속에 활발하게 일하고 있는 정방보는 많은 돈을 벌어들이고 있었다.

그가 제 이의 전성기를 누렸다.

주인인 이한열은 전적으로 정방보에게 초연 채화당을 맡기고 일체 관여를 하지 않았다. 이한열은 아랫사람에게 일단 일을 맡기면 문제가 생기지 않는 이상 전폭적인 권한을 준다.

제대로 일을 하는 아랫사람들에게 이한열은 무관심했다.

알아서 잘하니 구태여 신경을 쓸 필요가 없었다.

이한열은 금전 장부에 적힌 숫자를 살피며 매출액과 이해가 많고 적음을 살필 뿐이었다. 그리고 장부에 서명만 할 뿐이었다.

그러면서 그가 초연 채화당과 청천장을 비롯한 매출이 잘 나오는 곳의 장부를 꼼꼼히 뒤적거리며 엄밀히 살펴봤다.

그는 장부에서 보이는 미미한 부정부패를 꼭 집어내어 사람들을 처벌하지는 않았다. 스스로 부정행위를 많이 저질렀기에 그런 잘못을 누구보다 잘 알았다.

너무 깨끗한 물에는 물고기가 살지 않는다.

빡빡하게 아랫사람들을 쥔다고 해도 부정행위를 다 막을 수 없다는 사실을 탐욕 넘치는 이한열은 잘 알고 있었다.

그럴 바에야 적당하게 아랫사람들을 풀어 주는 편이 좋았다.

"반갑네. 자네가 여기까지 오다니 급한 일이 발생한 모양이군."

이한열이 느긋하게 말했다.

정방보는 그런 느긋함에 속이 탔다.

"대인! 도장석의 조각품이 매물로 나왔습니다. 그리고 이건 확인되지 않았지만 매물들 가운데 도장석의 정신적 스승이라는 임학후의 그림도 있다고 합니다."

"찾고 있던 보물들이 매물로 나온 건 정말 반가운 일이군. 이야기를 계속 해 보게."

이한열이 기대에 찬 표정을 지었다.

도장석의 작품들은 그에게 새로운 세상을 알려줬다.

진귀한 작품들을 개인 소장품으로 간직할 수 있다니 그의 심장이 두근거렸다. 그리고 도장석보다 뛰어나다고 세간에 알려진 임학후의 그림까지 등장했다고 하니 솔직히 놀랐다.

그들의 작품은 돈이 있다고 해서 아무 때나 살 수 있는 보물이 아니었다. 정방보를 통해 백방으로 노력했지만 이한열이 손에 건진 건 초연 채화당 간판을 빼고 단 하나도 없었다.

"제가 직접 가서 눈으로 확인해 본 결과 도장석의 몽중산수상은 진품이었습니다. 깎아지른 절벽과 계곡 등이 험난하게 이어져 있고, 기화이초들이 만발해 있는 몽중산수상입니다. 산해필희는 일장이 넘는 큰 그림이었는데 참으로 신비로운 분위기였습니다. 몽중산수상이 산해필희의 영향을 받아 탄생한 듯 보입니다. 산해필희는 제가 본 그림 가운데 최고라고 단언할 수 있습니다. 작자미상이지만 개인적인 견해로 임학후의 작품이라고 생각합니다."

정방보가 마지막에 이르러서는 조심스럽게 의견을 이야기 했다.

"자네가 감탄할 작품이라면 임학후의 그림이 아니라고 해도 명작임이 틀림없겠지. 구매하도록 해."

이한열이 구매를 지시했다.

정방보가 지출할 수 있는 금액의 한도를 넘어설 정도로 도장석과 임학후의 작품은 엄청난 고가였다. 이한열에게 지원을 받아야지만 그들의 작품을 살 수 있었다.

"그런데 문제가 있습니다."

"문제라고?"

"남산서원이라고 들어보셨습니까?"

"들어보았네."

남산서원은 북경에 위치하고 있는 역사가 깊은 중소규모의 서원이었다. 과거가 있을 때마다 항상 급제하는 인재들을 배출할 정도로 능력이 있었다.

남산서원의 미래는 밝지 않고 암울했다.

남산서원의 원주와 학사들은 황태자 주윤무에 대해서 선대황제에게 상소문을 올렸다. 게으름뱅이에 무능하고 음탕한 주윤무를 황태자에서 폐해야 한다고 주장했다.

일각에선 황태자를 폐주 또는 혼주라고 불렀다.

쫓겨나야 할 황태자, 어리석은 황태자라는 뜻이다.

어리석고 탐욕스러우며 여색을 탐하는 황태자 주윤무를 폐해야 한다고 학자들과 뜻깊은 지자들이 전대황제에게 간했었다. 그들은 흔들리는 명을 바로잡기 위해 중흥의 기틀을 마련할 수 있는 새로운 황태자를 옹립해야 한다고 확신했다.

황태자 폐위 상소문을 전대 황제는 듣지 않았다.

하지만 상소를 올리는 유학자와 학사들도 만만치 않았다. 꾸준하게 황태자를 물러나게 해야 한다고 상소를 올려 선대 황제를 괴롭게 만들었다.

많은 상소를 올린 사람들 가운데 한 명이 남산서원의 원주인 서용보였다.

수많은 상소문들로 인해 황태자 주윤무의 입지가 흔들렸다. 일부 신료들은 황제가 황태자를 교체할지도 모른다는 기대 섞인 전망까지 하고 있었다.

이로 인해 황태자의 세력이 축소되었고, 이 황자와 삼 황자의 세력이 크게 늘어났다.

즉위하기 전까지 주윤무는 자신의 권좌가 흔들릴까 봐 전전긍긍했다.

당연히 주윤무는 상소를 올리던 불충스러운 자들을 지극히 미워했다.

황제로 등극한 주윤문의 칼날이 언제 들이닥칠지 서용보

는 불안해했다. 불충의 낙인이 찍힌 서용보가 선조로부터 내려오는 남산서원을 팔고 낙향할 마음을 굳혔다.

"제가 말씀드린 작품들을 남산서원에서 소장하고 있습니다. 서용보님께서 개별적으로 소장품을 팔지 않고 남산서원을 통째로 인수할 사람을 찾는 중입니다. 낙향하겠다는 자를 제외하고 남산서원의 사람들을 모두 인수인계해야 한다는 조건도 붙어 있습니다."

남산서원의 땅과 건물, 소장품들을 포함하여 일하는 사람들까지 모두 포함하면 인수금액이 엄청났다.

"금액이 어마어마하겠군."

이한열이 흠칫했다.

"얼마를 부르고 있는가?"

"금자로 칠천 냥입니다."

"흠!"

이한열이 순간적으로 숨을 들이켰다.

주수선 황녀에게 지적을 받을 정도로 악착같이 돈을 모은 이한열도 금자 삼천 냥을 가지고 있지 못했다. 이한열이 가지고 있는 돈만으로 남산서원을 인수하기에는 상당히 부족했다.

남산서원이 북경의 서원들을 대상으로 한 비교에서 중소규모일 뿐 지방에서 볼 때는 대형규모였다.

"부담이 되시는 금액이겠지만 남산서원은 금 칠천 냥의 가치가 넘습니다. 수장하고 있는 작품들만 해도 엄청난 가치를 가지고 있고, 땅과 건물까지 생각하면 헐값이나 다름없습니다."

정방보가 조심스럽게 의견을 이야기했다.

금 칠천 냥이면 은자로 십사만 냥이다.

은자 한 냥이면 사인가족이 한 달을 살 수 있는 가치를 지녔으니, 금 칠천 냥의 얼마나 어마어마한 돈이지 잘 알 수 있었다.

"도장석과 임학후의 작품을 꼭 소장하고 싶은데……."

큰돈이기는 하지만 이한열이 감당하지 못할 정도까지는 아니었다.

다른 곳에서 돈을 융통하여 끌어모은다면 이한열이 남산서원을 인수할 수도 있었다. 그렇지 않아도 주수선 황녀의 총애를 받고 있는 이한열에게 여러 곳에서 돈을 주겠다고 난리였다.

하지만 이한열은 다른 사람에게 돈을 빌리고 싶지 않았다.

이한열은 남산서원도 괜찮았지만 도장석과 임학후의 작품들에 대한 욕심이 컸다. 후자만 얻을 수 있다면 남산서원은 그대로 내팽개칠 수 있었다.

'잘 조합하면 방법이 있을 것 같아.'

이한열의 생각이 깊어졌다.

그의 뇌리에 동창에서 읽었던 서용보의 자료가 떠올랐다.

서용보는 북경 태원현 사람이다. 남산서원을 이끌고 있는 서씨가문 출신이므로 세상 사람들은 그를 천생 학자라고 일렀다. 서용보는 사람됨이 청렴하고 절도가 있으며 풍채가 아름답다.

과거에 급제하여 첫 벼슬을 내승지로 임명되었으며, 선대 황제 때 여러 번 승직되어 이부상서와 참지정사를 역임하였다.

그가 선대황제에게 올린 건의문은 유명하다.

> 민간에서 전염병이 유행하고 기후가 계절에 맞지 않은 까닭은 모두 형벌의 적용이 시기에 적합지 않은 데 원인이 있습니다. 월령에 의하면 삼월에는 죄수를 줄이고 죄인들의 질곡을 덜어주며 고문과 악형을 하지 말며 소송을 중지하기로 되어 있고, 사월에는 중죄수에게는 제재를 완화해 주고 경범자는 출옥시키며 칠월에는 감옥을 수리하고 형구를 정비하며 경한 형은 집행하고 사소한 미결수는 판결을 내리게 되어 있습니다. 그리고 옥관령에 의하면 입춘으로부터 추분

에 이르는 어간에는 사형 판결을 상부에 제기하지 못하나, 악을 범한 자에 대해서는 이에 구애받지 않기로 되어 있는데 법관들이 이 법을 관철하지 못하고 사리사욕에 따라 판단을 내립니다. 중앙과 지방의 법관들은 모두 이 법에 의거하여 시행하게끔 해야 합니다.

선대황제가 서용보의 제의를 받아들였다.

조정에 간신이 득실거리는 와중에도 서용보는 항상 조정과 백성을 위해 노력했다. 하지만 간신들의 모함에 걸려 결국 관복을 벗었다.

재야로 돌아간 그는 후인들을 양성하는데 공을 들였다.

비록 관직에서 쫓겨났지만 그의 명망은 드높다.

스팟!

이한열의 눈에 이채가 스치고 지나갔다.

"제가 남산서원과 가격에 대해서 협의를 해봐도 괜찮겠습니까? 최대한 가격을 낮춰보겠습니다."

정방보가 의욕을 드러냈다.

초연 채화당을 운영하면서 수많은 손님들과 거래를 해 본 그였다. 그가 어렵고 힘든 처지에 몰린 사람을 어떻게 다뤄야 하는지 아주 잘 알았다.

"내가 직접 나설 테니 서용보 원주님과 약속을 잡아 주게."

이한열의 말에 정방보가 속으로 안도의 숨을 내쉬었다.

솔직히 거래하는 금액이 너무나도 엄청난 거액이라 부담이 됐었다. 그런 부담에서 벗어난 정방보가 홀가분함을 느끼기도 했다.

두근! 두근!

이한열의 가슴이 두방망이질했다.

얼마 후면 그동안 보지 못했던 도장석의 몽중산수상과 임학후의 산해필희를 직접 두 눈으로 볼 수 있었기 때문이었다.

이한열은 어린아이처럼 당장 달려가서 보고 싶은 심정이었다.

"대인, 참으로 큰 결단을 내리셨습니다."

정방보가 순수하게 기뻐했다.

남산서원은 이한열에게 커다란 도움이 될 수 있었다.

소장하고 있는 그림과 도자기, 책 등이 이한열의 소장품이 될 수 있었다. 그리고 그보다 값진 인재들이 이한열의 소속이 된다.

상인으로 살아온 정방보는 사람만큼 소중한 존재가 없다는 사실을 잘 알았다.

훌륭한 서원을 가지고 있는 건 학사이자 관리인 이한열에게 참으로 큰 이득이자 배경이었다.

이한열이 남산서원 서용보를 만난 건 삼 일 뒤 밤이었다.

"어서 오게."

서용보가 씁쓸한 웃음을 띠며 이한열을 반겼다.

"이한열이 남산서원 원주님을 뵙습니다."

존경할 만한 성품을 가진 서용보에게 이한열이 정중하게 허리를 숙여 인사했다.

서용보는 머리로는 이해하지만 가슴으로는 받아들일 수 없는 고결한 성품의 소유자였다.

'탐욕스러운 나는 결코 서용보 원주님처럼 살 수 없지.'

이한열은 서용보를 존경할 뿐 그 행보를 따르고 싶은 생각은 없었다.

"남산서원을 인수하고 싶다고 들었네."

"네. 역량이 된다면 남산서원을 맡아 볼 생각입니다."

"잘 됐군. 고리타분한 나보다 험난한 세상을 힘차게 헤쳐 나갈 수 있는 자네가 남산서원의 원주에 훨씬 어울릴 걸세."

서용보가 이한열을 추켜세웠다.

하지만 그의 음성에 깃든 씁쓸함을 감출 수 없었다.

평생 조정과 백성을 위해 노력했지만 막상 말년에 와서 선대로부터 내려온 남산서원을 타인에게 넘겨야만 하는 처지에 내몰렸다.

학문의 요람인 남산서원을 가지고 장사를 해야만 하는 서용보의 마음에서는 통한의 눈물이 흐르고 있었다. 세가의 가족들과 저를 따르는 수많은 사람들을 데리고 낙향하려면 많은 돈이 필요했다.

"서원의 소장품들에 관심이 많다고 들었네. 이건 서원의 모든 소장품들을 기록한 책이네. 보관창고에 있는 소장품들과 비교해 보면 될 걸세."

서용보는 손때가 묻은 책을 꺼내 이한열에게 건네주었다.

오랜 세월의 흔적이 묻어 있는 책의 표지에 남산장서라는 글씨가 웅장하게 쓰여 있었다. 남산서원을 세운 초대 원주 서계정의 친필이었다. 남산장서에 후인들이 하나둘씩 늘어나는 소장품들을 적어나갔다.

남산장서는 남산서원과 함께 세월을 보낸 책이었다.

"부디 소중하게 사용해 주게."

참담한 슬픔을 겪고 있는 서용보의 눈시울이 붉어졌다.

그가 선조들이 평생 모은 책과 그림 등을 각별하게 간직해 왔다. 이번 일이 아니었다면 보물을 결코 넘기지 않았다.

"원주님! 귀한 장서들을 가지고 가셔도 괜찮습니다."

이한열이 관심을 가지고 있는 건 도장석과 임학후의 가르침이 묻어 있는 작품들이었다. 남산서원에 있는 진귀한 서적들도 관심이 없는 건 아니었지만 슬퍼하는 서용보에게 넘겨 줄 수는 있었다.

"아닐세. 소장품들은 남산서원에 있어야 빛을 내는 물건들이야. 아끼지 않고 후인들의 양성에 널리 사용해 주면 족하네. 모자란 나는 그렇게 하지 못했지만……."

말끝을 흐리며 회한에 찬 표정의 서용보가 끝까지 후인들을 위해 노력했다.

"원주님의 뜻을 받들어 남산서원의 사람들과 후학들을 위해 노력하겠습니다."

이한열이 굳은 각오를 드러냈다.

"불쌍한 사람들을 돕고 가난한 사람들에게 곡식을 나눠주는 착한 심성의 자네라면 믿을 수 있지."

서용보의 표정이 다소나마 밝아졌다.

그는 이한열의 평판을 전해 들어 알고 있었다.

역모에 엮어 불행해진 사람들을 구제하고, 길거리로 내몰린 사람들을 위해 곡식과 식사를 제공하는 이한열을 서용보가 높이 평가했다.

이한열이 다복곡물상을 통해 불쌍한 사람들에게 곡식과 식사를 제공하고 있었다. 작업을 통해 다복곡물상을 시세의 절반에 인수했다.

이한열의 불우이웃을 돕는 행위는 순수한 측은지심보다

평판과 명성을 끌어올리기 위함이 더욱 컸다. 그리고 결정적으로 불우이웃들을 위해 쓰는 금액은 다복곡물상의 이익의 삼 할을 넘지 않았다.

다복곡물상에 대한 세간의 인식이 좋아지면서 먼 거리에서 곡물을 사러오는 사람들이 생겨났고, 대량으로 주문을 넣는 상인들도 늘어났다.

이한열로서는 전혀 손해를 보지 않는 장사였다.

사실 남산서원을 인수하겠다고 나선 사람이 몇 명 있었다. 하지만 단지 돈만 보고 달려드는 인수자들을 서용보가 거절했다.

남산서월을 제대로 이끌어 갈 수 있는 사람을 서용보가 기다려왔다.

서용보의 기준에서 이한열은 합격이었다.

이한열이 탐관오리라는 소문도 있었지만 서용보는 믿지 않았다. 그는 이미 이한열이 착한 심성의 선비라고 완전히 믿고 있었다.

그는 이한열의 마음 깊숙한 곳에 자리 잡고 있는 탐욕과 차가운 심성을 눈치채지 못했다.

"그렇게까지 말씀해 주시니 몸 둘 바를 모르겠습니다. 제가 가진 모든 힘을 남산서원을 위해 사용하겠습니다."

"자네라면 남산서원을 믿고 맡길 수 있어. 착하고 훌륭한 자네에게 맡겼으니 선조님들도 뭐라고 하지 않을 걸세."

서용보가 뜨거운 눈빛으로 이한열을 바라보았다.

'너무 그렇게 생각하면 제가 미안하잖아요.'

타버릴 것 같은 열정적인 눈빛에 이한열이 고개를 돌리고만 싶었다. 그러나 그런 감정을 꾹 억누르고 결의에 찬 표정을 짓고 있었다.

서용보가 이한열의 거짓된 표정을 보며 더욱 신뢰했다.

"원주님께 긴히 부탁드리고 싶은 일이 있습니다."

"편히 말해 보게."

"원주님도 아시다시피 제가 서원을 운영해 본 경험이 하나도 없습니다. 그래서 서원의 일을 도와줄 수 있는 인재가 있었으면 합니다."

"그건 걱정하지 말게. 서원에 남아 있는 사람들이 최선을 다해 자네를 도울 걸세."

"그 사람들만으로는 부족합니다. 저는 남산서원의 차기주인이 남기를 원하고 있습니다."

"무슨 소리인가?"

서용보의 눈빛이 흔들렸다.

"누가 뭐라고 해도 남산서원의 주인은 서씨가문입니다. 영욕의 세월을 잠시만 참고 견디면 좋은 날이 올 거라고 생각합니다."

이한열이 말했다.

부르르! 부르르!

서용보의 몸이 폭풍이라도 맞은 것처럼 앞뒤로 흔들렸다.

불감청고소원!

황제의 진노를 피해서 낙향하려는 서용보가 간절하게 원하는 이야기였다. 남산서원에서 떠나는 걸 죽기보다 싫어하였다.

그가 만약 혼자였다면 목숨을 걸고 남산서원을 지켰으리라!

그를 따르는 많은 식솔들 때문에 어쩔 수 없이 함께 낙향을 결심했다.

남산서원을 판 금자 칠천 냥이 필요한 이유는 지방에 제이의 남산서원을 세우기 위함이었다. 그렇기에 많은 돈이 있어야만 했다.

하지만 남산서원이 여전히 서씨가문에 남게 된다면 금자 칠천 냥은 필요하지 않았다.

"정녕 그렇게 해 줄 수 있는가?"

감동한 서용보가 울먹거리며 이한열의 손을 잡았다.

이한열의 따뜻한 온기를 느낀 서용보의 눈빛이 무척이나 자애로워졌다.

"저는 잠시 남산서원에 월세를 든 사람일 뿐입니다. 주인은 누가 뭐라고 해도 원주님이고, 후대의 원주도 서씨가문에서 나와야지요."

"정말 고맙네. 이 은혜 잊지 않겠네."

"별말씀을 다 하십니다. 그리고 이건 언제까지 제가 남산서원을 맡을지 모르겠지만 미리 드리는 월세입니다."

이한열이 품속에서 꺼낸 전표를 서용보에게 건네줬다.

"헉!"

깜짝 놀란 서용보가 신음을 토했다.

"공짜로도 빌려줄 수 있으니 이러지 말게."

서용보가 전표를 다시 이한열에게 내밀었다.

중원에서 세 손가락 안에 들어가는 대륙전장에서 발행된 금 천 냥의 전표였다. 대륙전장의 전표는 중원 어느 곳의 전장에 가도 돈으로 바꿀 수 있었다.

"역사와 전통이 있는 남산서원입니다. 남산서원을 맡는데 공짜라는 게 말이 됩니까? 그럴 수는 없는 노릇입니다."

이한열이 전표를 받지 않았다.

"이러면 곤란하네. 다시 받으시게."

재차 서용보가 전표를 받으라고 내밀었지만 이한열의 고집을 꺾지 못했다.

"절대 많지 않고 적당한 월세입니다. 설마 부족해서 그러시는 겁니까? 그렇다면 더 드려야 하겠군요."

이한열이 품속에 손을 집어넣으려고 했다.

그런 손을 서용보가 재빨리 움켜잡았다.

"아니라네. 이 돈도 너무 많아서 부담된다네."

"휴우! 다행이군요. 제가 가지고 있는 돈이 얼마 되지 않았습니다."

이한열이 짐짓 엄살을 부렸다.

"고맙네."

서용보가 이한열을 두 손을 잡고 놓지 않았다.

툭! 툭!

서용보의 눈에서 흘러내린 눈물이 이한열의 손에 떨어져 내렸다.

'크윽! 정말 부담되는구나.'

이한열이 서용보의 눈물에 속으로 안절부절못했다.

그는 진솔하게 다가서는 서용보를 어려워했다.

어렵지만 지금 그가 해야 하는 일이 있었다.

"남산서원의 소장품 가운데 제가 관심을 가지고 있는 물품들이 있습니다."

"무엇인가? 말만 하게."

서용보가 당장에 보관창고에서 물건들을 꺼내줄 기세였다.

"들으셨는지 모르겠지만 제가 무공을 수련하고 있습니다.

도장석과 임학후의 작품들이 제 무공수련에 큰 도움이 됩니다."

"아! 아버지께서 수장한 물건들이군. 물건들을 꺼내어 자네에게 줄 테니 바로 창고로 가세."

서용보가 이한열의 손을 잡고 이끌었다.

서용보는 도장석의 조각상과 임학후의 그림을 본 적이 있었다.

그들의 작품은 하나같이 뛰어나고 현기 넘치는 예술품들이었다. 시중에서 구하기가 무척이나 어려웠다. 높은 가치를 가지고 있었고, 강호인들이 눈에 불을 켜고 찾는다.

"오늘부터 그 물건들의 주인은 바로 자네일세."

"저는 감상만 해도 괜찮은데……."

이한열이 말끝을 흐렸다.

"당치도 않은 소리! 물건들에는 주인이 있는 법. 무공을 익히고 있는 자네가 바로 그 물건들의 주인이야. 그리고 원한다면 보관창고에 있는 소장품들을 통째로 줄 수도 있다네."

남산서원의 구원자인 이한열을 서용보가 극진하게 대우했다.

"염치가 없지만 고맙게 받겠습니다."

미적거리던 이한열이 가슴을 쫙 펴고서 서용보를 따라 걸음을 내디뎠다.

슥!

그의 입꼬리에 환한 웃음이 피어올랐다.

'금 천 냥으로 도장석과 임학후의 작품들을 구입하게 됐다. 이것들만 해도 남는 장사다. 덤으로 서용보 원주와 남산서원의 사람들까지 얻게 됐으니 참으로 환상적인 거래다.'

단돈 금 천 냥으로 원하는 모든 걸 얻은 이한열이었다.

저벅! 저벅!

이한열이 반갑게 남산서원의 보관창고를 향해 나아갔다.

두근! 두근!

새로운 만남을 기대하고 있는 그의 얼굴이 붉게 상기되었다.

〈다음 권에 계속〉